侯爵令嬢の嫁入り
～その運命は契約結婚から始まる～

七沢ゆきの

富士見L文庫

目次

わたしはこうして、一人で生きていくのだと思っていました。

絶望と悲嘆を胸に押し込め、なにも感じないようにして、ただ、先の見えない薄闇の中で、孤独に。

それが、こんなにも愛《いと》しく晴れ渡る日々を手にできるなんて――あなたに出会うまでは、あなたとともに、失いかけた誇りと喜びを取り戻せるまでは……思ってもみなかったのです。

序章 出会い

「また、春が来るのね……」

ほのかにぬるみかけた風を頬に感じ、雛《ひな》は読みかけの本に栞《しおり》を挟んだ。

春は苦手……。あの時のことを思い出すから……。

胸の奥が重くなるのを自覚しながら、雛は本をテーブルに置き、ため息をつく。

雛が春を厭《いと》うようになってから数年がたつ。

雛の人生を闇へと突き落とす事故が起きてから、それだけの長い時間がたった、ということでもあった。

彼女は小邑《こむら》雛。

名門華族である小邑侯爵家の令嬢であり、小邑家の後継者でもある。まだ十八歳だが、両親の死去後、十三歳で小邑家を継ぎ、女の身でも爵位を継げるこの国で、小邑女侯爵として認められていた。

だが、雛には年若い身で女侯となった喜びは微塵《みじん》もうかがえなかった。その奥になにかを隠すようにトーク帽から垂れ下がるレースで覆われた目元には、むしろ、悲しみの感情しか読み取れない。

そのうえ、雛が身にまとっているのはひどく粗末な着物だった。少なくとも、名門華族の令嬢が進んで身につける類の物ではないだろう。丁寧に扱われてはいるようだが、それよりも、ほつれやかぎ裂きを修繕したあとばかりが目につく。

雛の視線がぐるりと室内を見渡した。

がらんとしたそこには、雛の座るソファと本を載せた小さなテーブルが残っている。ところどころ色の変わった壁紙には、もとはそこに絵でもかけてあったのだろう。からっぽのキャビネットも、そのキャビネット自体の立派さが、かえってうらぶれて見えるようだった。

部屋の様子が昔とすっかり変わってしまったことは、もう日常になったはずだ。なのに、どれほど時間がたっても、心をぎゅっと締め付ける悲しみに慣れることはできない。

たとえばあそこにあった、家族の肖像画、異国のランプ、そんな、父と母が大切に集めた調度品は、ほとんどがなくなってしまった。

いや、調度品だけではない。この家のなにもかもが——奪いつくされてしまったのだ。

雛はこみあげる涙を懸命にこらえる。

すべての始まりは、五年前、両親が突然の事故でこの世を去ってから。

雛が、水仕事をするようになったせいでささくれの目立つ自らの手を撫《な》でる。

轟音《ごうおん》と悲鳴の中、両親に触れた感触は今でも忘れられない。

狭く、暗い空間の中に閉じ込められた雛は必死に二人へと手を伸ばした。けれど父も母もその手を握り返してくれることはなく……。生き残ったのは、雛だけだった。

あのときから、雛は本当に一人になったのだ。

どうしようもない寂しさと切なさが雛を襲う。

過去も今も、自身の無力さが、雛は悔しくてならなかった。

小邑家はただ侯爵家というだけでなく、とても豊かな家でもあった。父の義孝《よしたか》は商才もあり、いくつかの会社を経営していた。母の素子《もとこ》は優しく美しい人で、雛に華族令嬢としての素養を惜しげもなく与えた。

誰もが羨む環境の中に雛はいた。その楽園のような場所で雛はすくすくと育ち――いつかは両親の支えのもと、小邑家を継ぐのだと疑ったことはなかった。

まるで春の日向《ひなた》にいるような日々。雛は幸せだった。そう、幸せだった、のだ。

なのに。

両親の葬儀に現れた、たくさんの親戚たち。いまだ呆然《ぼうぜん》としている雛に、その人々から突き付けられた見たこともない証書の数々。

小邑家の持つ土地も、義孝の会社も、家に飾られた美術品も、小邑家の財産のほとんどはなにかしらの抵当に入っていて、彼らの物なのだと言う。

嘘《うそ》だ、と雛は言いたかった。

事実、それは嘘だったのだろう。小邑家の財産運営は、それまで、これ以上ないほどうまくいっていたのだから。

だが、残されたのが十三歳の娘一人ということで、誰かがそのすべてを奪う絵図を描いたに違いない。

あまりにも手早いそれに、一人になったばかりの雛は、うまく抵抗することもできなかった。

「……お父さま、お母さま……ごめんなさい」

そして気が付けば、雛に残されたのは、荒れ果てた屋敷《やしき》と父から受け継いだ女侯爵の称号だけ。

政府からは華族としての体面を保つように、と、わずかな年金が支給されるが、それも屋敷をなんとか維持するだけで消えていく。

両親の死後、使用人たちはすぐにいなくなった。その素早さは、沈みかけた船から逃げる鼠《ねずみ》のようだった。雛が手元に残ったドレスや宝石を売り払い、なんとかして現金を手に入れても焼け石に水だった。

そのうちに、雛の衣服はわずかに残された着物だけになり、いつかは、と予定していた社交界への自身のお披露目も、もうかなわない。

屋敷を手放せば、少しはまとまった資金が手に入ったかもしれない。それでも雛は、屋敷だけは守り抜く姿勢を崩さなかった。

両親が雛に残してくれたものはもうそれくらいしかなかったし、なにより、小邑侯爵家を背負う者として、代々伝えられてきた屋敷を知らない人間の手に渡すのだけは嫌だったのだ。

そんな雛を、口さがない人々は『廃屋令嬢』と呼び、あざ笑った。

「でも、それでも、わたしは……」

雛が自分で自分を抱きしめるようにする。

そのとき、荒々しい音を立てて部屋のドアが開いた。

「誰です！」

思わず強い調子で雛が誰何《すいか》すると、扉の陰から、顔を笑いの形に歪《ゆが》めた男が現れる。

「私ですよ、雛お嬢さま。出迎えの女中がいないようなので、勝手に失礼いたしました」

「叔父さま……！」

雛が身構える。

それを見て、男――小邑久尚《ひさなお》――が大げさに肩をすくめた。

その顔には、にやにやとした笑みが張り付いている。年は雛の父親くらいだろうか。中肉中背、あまり特徴のない顔立ちだけに、その表情のいやらしさが際立っていた。

久尚は雛の父の義孝の弟だ。だが、おおらかで商才のあった義孝とは違い、こそこそと動き回る虫のような男だった。

「あいかわらず、ひどい場所に住んでらっしゃいますね。これがあの隆盛を極めた小邑侯爵家のありさまとは！　それともお嬢さまは、貧民の猿真似《さるまね》がお好みで？」

「そのような言い方はおやめください！　わたしはあなたに用はありません。帰ってくださいな」

それに、わたしをここまで追い込んだのはあなたたちではないか。雛は、そう言いたい気持ちを隠し、精一杯、凛《りん》とした声で告げる。

「つれない物言いだ。お嬢さまにそんなことを言われると私は悲しいですよ」

そんな雛には構わず、そう言いながら久尚が雛に歩み寄った。

そして、雛の長い髪を一束、すくいあげる。

「……っ！」

強く身をすくめた雛が、その手を振り払う。それを見て、「おやおや」と久尚はさらに笑った。

「なんとお気の強い。素子さんに似ているのはそのお顔だけでしょうか。もったいないことです」

笑い交じりの声に、雛が肩を震わせる。

久尚のねばつく声で母の名前を呼ばれるのが嫌だった。素子という母の名前まで汚れてしまう気がした。

「……そんなことより、この家の鍵を、合鍵を返してくださいまし」

久尚の言葉には答えず、雛が絞り出すように言う。

「それはできませんな！　私は兄の残した社を管理する身。ならば、お嬢さまの身を案じるのも私の役目。今日こうして来たようにね！」

きゅっと雛が唇を噛《か》む。

悔しい。

でも、家じゅうの鍵を取り替えるような資金はすでにない。

どうして。よりによって、こんな人が。

雛の胸をそんな台詞《せりふ》がよぎる。

両親の財産をもっとも多く奪っていったのが、この叔父だった。

もともと雛は、この叔父があまり好きではなかった。たまに家を訪れては父に皮肉めいたことを言い、母を舐《な》めるようにおかしな目つきで見ていた叔父が。

でも、好きになれるよう努力はした。父にとってはたった一人の弟なのだから、と。

なのに。

父が死んだとたん、その父の会社を勝手に自分のものにし、まるで後見人のような顔で小邑の家へ入り込んでくるなんて！

怒りと悲しみが雛の心を染める。

あと少し、少しでいい。自分に力があれば、こんなことにはならなかったかもしれない

——。

「どうしました？　お嬢さま。なにか不足の物があれば持ってこさせましょうか？　なに、遠慮はいりませんよ。お嬢さまに金がないのは百も承知。気の毒な侯爵令嬢に、私が施しをしてさしあげましょう」

その屈辱的な物言いに、雛がキッと久尚を見上げた。

雛にも女侯爵としての矜持《きょうじ》がある。たとえ財産がなくても、こんな男に頼ることだけはしたくない。そう、強く思ったのだ。

「結構です。もう一度言います。帰ってください」

「あなたはそればかり……素子さんならばそんなことはおっしゃらないはずです」

「……あなたに、お母さまのなにがわかるというのです」

「わかるんですよ、素子さんは私のすべてだった。あんな愚兄にあのような素晴らしい方が嫁いだのが間違っていたんだ。ねえ、素子さん、あ、ああ、いや、雛お嬢さま。あなたは雛お嬢さまでしたね。でも、お嬢さまのお顔はこんなに素子さんにそっくりなのに……あなたならば、いなくなった素子さんの代わりになれるのに……」

「わたしはお母さまではありません！　娘の雛です！」

「いいえ、いいえ、お嬢さまならば素子さんになれます。だから、そんな冷たいことをおっしゃらないで。私はずっとあなたのお母さまの美貌の崇拝者だったのです」

床に膝をつき、うやうやしく礼をする久尚から、雛が顔を背ける。

久尚が雛の神経を逆撫《さかな》でするようなことを言うのは、両親がいなくなってからはいつものことだった。

なめくじのようにねっとりとした口調で紡がれる父への罵詈《ばり》、雛への憐憫《れんびん》、母への妄執。

普段ならば、歯を食いしばって久尚が帰るまで耐えるそれ。

けれど、今日は普段の久尚とはまた様子が違っていた。まるで母の素子が生きているかのような仕草の数々——いや、逆に、母によく似た容貌の雛を素子に見立てているのだろうか？　雛と素子を重ねているのだろうか？

おぞましい。

雛の背に寒気が走る。

この男はなにを考えているのだろう。

それとも——素子がいなくなってから——かつてかなえられなかった素子への想《おも》いを、雛という代用品で満たそうとしているのか？

ぞくぞくと雛の寒気がひどくなる。

お父さま、お母さま！　わたしはどうしたらいいのですか？

声にならない叫びが雛の中でこだました。

もちろん、その途方にくれた問いに答える者はいない。雛は怯《おび》えたようにあたりを見回すが、そこにいるのは久尚と自分だけだ。

「お嬢さま……」

そんな雛を尻目に、爛々《らんらん》と輝く久尚の双眸《そうぼう》が雛を捉える。

「ねえお嬢さま、今度こそ私を選んでくれませんか？　私の兄を選ぶなど、素子さんは選択を間違えた。その過ちを元に戻すためには、あなたが私の物になればいい」

いやいやと雛が首を振る。それにはかまわずに、久尚が言葉を続けた。

「今やもう、小邑家の財産は私の物だ。あなたに不自由はさせません。あなたも私にしてよかったとお思いになるはずです」

そんな久尚の不気味さに耐えきれなくなった雛が、ソファから立ち上がろうとする。だが、一瞬早く、久尚の腕がそれを封じた。

「だからお嬢さま、その目で私を見てください。どうか無粋なレースでなど隠さずに……」

そして、乱暴な手つきで、雛の目元にめぐらされていたレースをめくりあげる。

「な、なにをなさいます！」

「あ……れ、素子さんの色とは……違う」

その二人の声は同時だった。

久尚の手を叩《たた》き落とし、慌てたように雛がレースを戻す。

すると、久尚がひしゃげたような嫌な声で笑った。

「なんだその目の色は！　素子さんの目はそんな色はしていない！」

雛が、涙をこらえるようにレースごと目を手で覆った。

「そうだと……言っているはずです……！」

なんとかそこまで口にしたあと、雛はうつむいて無言になる。あまりに無礼な行為と、その行為に対する衝撃に、それ以上の言葉が出てこなかったのだ。

久尚の目が、忌まわしいとでも言うように細められる。

「……そうですね、そうだった。素子さんは黒檀《こくたん》のように美しい色の目をしていた。お嬢さまのように、青ではない」

それは、先ほどまでの久尚とは打って変わった冷静な口ぶりだった。逸脱した激情とそうでない正気が、背中合わせにくるりと反転したようだった。

雛はうつむいたままだ。その表情からは、久尚に間近で目を見られたことの痛みが、まだ回復できていないのがはっきりと見てとれる。

自らの青い目に、雛はひどく劣等感を持っていた。

産室で雛が産声《うぶごえ》を上げたとき、両親はまずその青にとても驚いたらしい。

帝都の華族の間には、黒だけでなく、時に赤茶や濃い紫紺の瞳を持つ者が生まれることがままあった。そして、それらはそれぞれの家系の産物として受け入れられていた。だが、そんな華族の血にあっても、ここまで鮮やかな青を持つ者が生まれることは非常にめずらしい。いやむしろ、ほぼ存在しないと言ってもいい。それは小邑家の歴史を遡っても同じことだ。

語る者も数少ない遠い過去には、小邑家には雛のような特別な瞳を持った者もいたらしいが、残念なことにそれについての詳細は深く伝わってはいない。そのため、雛の誕生は小邑家の縁戚者の間にも、他の華族の間にも、良くない意味での衝撃をもって迎えられた。けれど、義孝は雛の生まれた次の日には、その目の色とよく似たサファイアを用意し、素子に贈ったという。「素晴らしい娘を授けてくれた妻に、娘と同じ色の感謝を」と言いながら。

素子もまた、そのサファイアを首飾りに仕立て、まだ赤子の雛の首に戯れに掛けながら、雛がすくすくと育つことを願った。

雛は、確かに二人に愛されていた。二人は、雛の目の色のことなど、歯牙にもかけなかった。

それでも、成長するにつれ、雛は己が身と他人の差に気がついていく。

自分の目の色が人と違うことも。そのせいで人目を引いてしまうことも。

いくら、雛を気遣う優しい両親に育てられても、すべての視線を遮断することは不可能だったし、遮断したいと思うほど雛も愚かではなかった。ときおり耳に入る好奇に溢《あふ》れた人々の声も雛を傷つけた。

小邑には生まれぬはずの青い目。ならばあれは不義の子。侯爵もよく許したもの。侯爵はよほど夫人に籠絡されているのだろうよ。

いや、小邑には時折青い目の子が生まれると聞いたことがある。そのたびに、家を傾けるような災いを運んでくるそうな。

どちらにしても侯爵は災難だな！

無遠慮な言葉から身を隠すように、雛は青い目を人に見られないよう下を向くことが増え、せっかくの母に似た美しい面差しも目立たないようになっていく。

そして、いつしか雛は、目元を隠せるレースの付いたトーク帽を好んで身につけるようになった。それは今日も同じだった。

そんな心の柔らかい部分を、今、雛は、唐突に久尚に踏みにじられたのだ。

ククク、と久尚が笑う。

「ああ、お嬢さま！　せっかく素子さんによく似たお顔をしているのに、そんな目の色でお生まれになるとは！　あの愚兄の娘にふさわしいな！」

降りそそぐ久尚の罵倒。ソファに座ったまま、雛は拳を握りしめた。

わたしの青い目が目立つのは、自分がいちばんわかっている。

そのことを気にするわたしに、どれだけ両親が心を砕いてくれたかも、それは恥ずべきことではないと教えてくれたことも。

それでも、やっぱり、この目を誇れることなんてない。笑われても仕方ないと、どこかで雛は思う。

だけど。

だけど、お父さままでこんな風に言われる謂《いわ》れはないわ。

お父さまは、優しく、公正で、わたしの自慢よ。お父さまはこの目を含めてわたしを愛してくださったわ。雛の目の中には空があると言ってくださったわ。

不意に蘇《よみがえ》るのは、元気だったころの父の姿。

あのころはまだ手入れの行き届いた庭で、父と一緒に庭木に水をやり、歌を歌ったこと。昼になればそこに「高貴な庭師さまに」と母が、バスケットに入った食事を持ってきてくれた。そんな風にして、父の摘んでくれた花を髪に飾って食べる、母の手作りのサンドイッチの美味《おい》しさ。幸せという言葉をぎゅっと煮詰めたようなあの日々。

そんな日々を与えてくれたのは、いつだってお母さまと――お父さまだった。

だから——。

今の叔父さまの言葉だけは、許せない。

いつもおかしな叔父さまに相対するのは怖い。怖いけれど、それでも、ここで譲ったら、わたしは小邑女侯としての誇りまでなくしてしまうわ。そんなのは、嫌。

大丈夫よ、雛。お父さまたちがいなくなってから、もっと怖いことはいくらでも経験したでしょう？

ええ。できるわ。わたしなら、できる。小邑女侯としてふさわしく振る舞うことが。

雛の中に生まれる、確固たる決意。それは、自分が自分であるための——とても強いものだった。

久尚の罵倒を聞かされるがままうつむいていた雛が、ぐっと顔を上げる。きゅっと引き結ばれた唇がほどけ、ゆっくりと動いた。

「いい加減になさい……！」

「……なんと？」

久尚が聞き返す。それには構わずに、雛は久尚の顔をじっと見つめる。

「聞こえませんでしたか？　いい加減になさい。わたしの目の色を笑うことは許します。けれど、わたしの父を愚弄することは許しません。ここから、出ていきなさい」

細く震えてはいるが、しっかりとした芯のある声だった。雛は、怯えてはいるが、恐れてはいなかった。

「おや、私の耳がなにやら間違えたのでしょうか。今、お嬢さまにずいぶんと失礼なことを言われた気がしますが。たとえば、出ていけとか、そのような」

久尚が肩をすくめる。けれど、雛は凛《りん》と通った声で繰り返す。

「あなたの耳はなにも間違ってはおりません」

「どうしました、お嬢さま、まるで子どもの……」

まだなにか言いかける久尚を遮るように、今度こそ雛がすっくとソファから立ち上がった。

「わたしはもう子どもではありません。出ていきなさい、小邑久尚。わたしが……小邑雛が、小邑侯爵家の当主として命じます！」

「な……っ」

久尚が口ごもる。彼は、目の前の少女に、間違いなく気圧《けお》されていた。

財産をなくしても、目の色を悔やんでいても、雛の本質は、両親から教育された通り、小邑家を継ぐ覚悟の上にあるものだというのは変わらない。

たおやかな令嬢のベールの中に隠されていた本当の雛が、父を侮辱されたことで、その姿を現したのだ。

雛の青く澄んだ目と、赤く充血した久尚の目がぶつかり合う。

思いもかけない反撃に遭い、久尚は明らかに不快さを感じているようだ。喉元から、ぐるる、と唸《うな》るような声が聞こえる。けれど雛も、そのぴんと伸ばした背をたわめることはない。

ここで譲ってしまえば、きっとずっと譲り続けることになる。

そんな人間に女侯爵を名乗る資格はないわ。だって、今この家を守れるのはわたしだけなのだから……！

雛のそんな決意を反映するように、張り詰めた空気が部屋を満たす。雛も久尚も引くつもりなどないようだった。

そのとき、部屋の入り口でぱちぱち、と手を叩く音がした。

雛の青い目線がそちらへ飛ぶ。

「失礼。鍵が開いていたもので」

そこにいたのは、背の高い、驚くほど美しい顔立ちの青年だった。

紅茶色の柔らかそうな髪が、ふわりと額にかかっている。すっと通った高い鼻梁《びりょう》は、名のある画家が描いたように際立ち、わずかに黒目がちの形のいいアーモンド形の瞳は、そこに込められた意思を表すように鮮やかな光を帯びていた。その眼差《まなざ》しの強さはまるで、極上の黒曜石を切り出したようだ。くっきりと彫りの深い目鼻立ちながら、唇はあくまですっきりと雅《みやび》やかなのも人目を引く。全体的に、強さと品の良さが、彼の透き通るような白い肌に絶妙に調和していた。姿勢のいい立ち姿も、神の奇跡のような彼の端整さに拍車をかけていた。

その上、彼には、美しい容姿の人間にはままありがちな弱々しさは一切ない。広い肩幅と長い手足は、嵐の瞬間にも揺るがずその場にいそうだ。生きた人間と呼ぶより、まるでよくできた彫刻のような、誰もが目を惹《ひ》かれる美貌がそこにはあった。

「見事な啖呵《たんか》だな。……小邑雛嬢、はじめまして。私は土岐宮鷹《ときみやたか》、土岐宮伯爵だ」

礼をする青年――鷹――を見て、雛はかすかに首をかしげる。

土岐宮鷹……ああ、名前は聞いたことがある。きっとこの伯爵のことは、華族なら誰でも知っているだろう。いい意味でも、悪い意味でも。

土岐宮鷹は商才に長《た》けた優秀な男だとの評判だった。けれど、その評を覆して余りある悪評も常について回っていた。

曰《いわ》く、『土岐宮鷹は人の心のない残忍な男』『その冷酷さは口に含んだ水を氷にできるほど』『容赦と言う言葉を母の腹の中に忘れてきたそうだ』

社交界に出たことがない雛でも、その程度の噂話《うわさばなし》は耳にした。もっとも、それが、こんなに見目麗しい男性だとは思ってもみなかったけれど。

それより……どうしてその土岐宮鷹がここに？

はっと雛の中で思考が動いた。

そうだ、こうすれば。

「叔父さま、わたしは土岐宮さまとお話しするお約束をしております。今日はもう、おしまいにしましょう」

本当は、そんな約束などない。ただ、普段よりいっそう様子のおかしい久尚をなんとか穏便に帰したかった。久尚に比べれば、目の前の土岐宮鷹はよほどまともに見えた。

鷹がうまく話を合わせてくれることを祈りながら、雛は久尚を部屋から出そうとする。

「……わかりました、お嬢さま。でも、私はまた来ますよ。必ず、必ずね！」

久尚がそう捨て台詞《ぜりふ》を残し、部屋から出ていく。

ほう、と雛が安堵《あんど》のため息をついた。

そして、鷹へと向き直る。

「申し訳ありません、土岐宮さま、お名前を勝手に使いました。あの方には手を焼いておりましたの。ところで、わたしになにかご用ですか？」

「なるほど、厄介な男に見込まれているようだな」

鷹がうなずく。

「それは……」

そうです、と思わず言いそうになってしまった雛が、なんともいえない苦笑を浮かべる。

小邑家の中の醜聞は、他家の人間に聞かせるものではない。

そのかわりにもう一度「ご用はなんでしょうか？」と聞くと、鷹はそれには答えず、雛の姿を上から下までじろりと見下ろした。

値踏みするような視線に、粗末な着物を着ていた雛は思わず袖をかき合わせる。

この人は、本当に、なんのために？

わたしにはもう渡す財産もないわ。この人が噂《うわさ》で聞いていたような人なら、欲しがるような物はここにはなにもないはずよ。

雛は、戸惑うようにふっさりとした睫毛《まつげ》を上下させる。

鷹の眼差しはまるでよく研がれた抜身の刃物だった。遠慮のないそれは、もしかしたら久尚よりずっと鋭く雛に食い込むかもしれない。

思わず雛が目を逸《そ》らそうとしたその時、ようやく鷹が口を開いた。

「用件は……ああ、ごちゃごちゃと喋《しゃべ》るのは私の性にあわない。単刀直入に言うのでおまえもそう答えろ」

「は、はい」

めちゃくちゃなことを言われているという自覚は雛にもある。なのに、肯定以外を返せないほど、鷹の言葉には確かな重みがあった。

「よし」

使用人に許可を与える主人のように、鷹が満足げにうなずく。

「では――私の妻となれ、小邑雛」

「え……？」

思わず雛は聞き返した。あまりにも意外過ぎる言葉だった。

妻？　この人の？　今日はじめて出会ったというのに？

嘘《うそ》だわ。きっとからかわれているのよ。それにしてもずいぶんとたちの悪い嘘。わたしには、普通の華族の娘のような持参金も両親の後ろ盾もなにもないのに。わたしを妻にしたいと思う人なんか、いるはずがないのに。

「ご冗談はおやめくださいな。本題をおっしゃってください」

「いや、本気だ。私がなぜおまえに冗談を言う必要がある」

鷹の眉間に皺《しわ》が寄せられた。

それがどうやら本気のように見えて、雛はさらに困惑した。

嘘でも冗談でもなければ、これはなんなの？

なぜ、たくさんの財産を持つ美しい人が、わたしにこんなことを言うの？

「どうして、そんなことをわたしに……」

「私には妻が必要だからだ。そして、おまえはそれにふさわしい」

わたしが？　妻にふさわしい？

本当に、どうしたらいいかわからないわ。この人はなにか勘違いをしているのじゃないかしら。

「……わたしは、あなたのことをなにも知りません」

あなたも、わたしのことを知りません。そんな思いを言外に込め、なんとか雛が答えを返す。すると鷹は、なんでもないことのように首を振り、雛にとってとても残酷な言葉を口にした。

「かまわない。私が欲しいのは小邑侯爵家の名前だけだ。いいか、この結婚は恋や愛ではなく、契約だ」

ああ、そういうことか。

雛は、自分がどこかで落胆するのを感じていた。

それでもいいと言ってくれるかもと思ったの。塔に閉じ込められた姫君を助けに来たあの王子のように、ただ自分だけを欲しがってくれたのではないかと——そんなこと、あるわけないのに。

そうね。わたしの手にもまだ残されているものがあった。それは小邑家の名前。……どうして、そんな簡単なことに気づかなかったのかしら？

悲しくないわ。つらくもないわ。わかっていたことでしょう、雛。

唇を噛《か》んだ雛が、ふっとうつむく。それには意も介さずに鷹は話し続ける。

「おまえが小邑女侯爵として契約に忠実な妻でいる限り、私も夫として望みをかなえよう。願いはないか？『廃屋令嬢』。金でも宝石でもくれてやる。だから、私との契約にうなずけ」

傲然と言い放つ鷹を見ていると、不意に雛は泣きたくなった。誰かが自分を助けてくれる夢など、もう見ることはないと思っていた。けれど雛は、自分が思っていたよりはずっと少女のままで、今、その柔らかな自尊心を削られ、苦しんでいる——。

「どうした？　返事は？」

けれど鷹は、雛のそんな様子に気づくそぶりもない。

雛の顔を覗《のぞ》き込み、答えを急《せ》かす。

「今すぐに私と来るのならば、ナイルの光を買ってやってもいい。小邑の爵位にならそれくらい支払ってやろう」

ナイルの光――それは、ある国の王女の冠を飾っていたとも言われているエメラルドだ。帝都の話題をさらい、名のある女子たちは資金と機会さえあれば自分の物にしたいと目論《もくろ》んでいる。

そんなもの、いらない。わたしが望むのは、ここで小邑家を守ること。

そう言おうとした雛は、はっと顔を上げる。

もしかしたら、これはチャンスかもしれない。ナイルの光を買うと簡単に言える鷹なら……そこまでできる土岐宮家の力があれば……叔父に奪われたある大切な物を取り返せるかもしれない。

冷酷だと評判のこの男はまだ怖いけれど、なにもかも計算ずくの契約ならば、逆に裏切られることもないだろう。それに――このままこの屋敷《やしき》で『廃屋令嬢』として朽ちていくことを考えるならば、一歩を踏み出すことになんのためらいがある？

「本当に、望みをかなえてくれるのですか？」

「ああ。私は嘘は嫌いだ」

鷹がきっぱりと言う。

それを聞いて、雛はぎゅっと両手を握りしめた。

どうせ、これ以上失うものなどなにもない。

ならば、賭けてみようか。この、鷹という冷ややかな目をした男に。

「わたしの望みは、母の形見の首飾りを先ほどの男から取り返すこと。かなえてくださいますか？」

雛が生まれたときに義孝が素子に贈ったサファイアで仕立てられた首飾り。生きていたころの母は、それを宝物のようにしていた。いつか雛が家を継ぐときに、雛の首に掛けたいと、よくそう言っていた。

『雛さんの生まれた年の数だけまわりにダイヤをちりばめるとお父さまが言ったとき、お母さまは慌てて止めたのよ。だって、そんなにダイヤをつけたら、重くて重くて、雛さんが首を痛めてしまうわ』

ふふ、とやさしく笑っていた母。

『そのかわり、雛の生まれた日の数だけダイヤをつけたよ。どれもとびきりのやつをね』

『これなら、雛さんがどこにお嫁に行っても恥ずかしくないわね』

『ん？　雛は誰にもやらないぞ。なあ、雛。きみはお父さんと結婚してくれるだろう？』

雛を抱き上げて、愛《いと》しげに頬ずりしてきた父。

結婚の意味もまだ知らず、上機嫌な父にただうなずいていたあの頃のことを思い出すと、ひどく胸が痛い。ずっと続くと思っていた日々は、あっという間に壊れてしまった。

そういえば、子どものころにはしゃいで首飾りを持ち出したことがある。綺麗《きれい》だねと褒めてくれた、同じくらいの年の男の子の首にかけてあげたらとても喜んでくれて——今、あの子はどうしているだろうか。元気でいるといいのだけど。

雛にとって、そんな、父と母の愛情のこもった首飾りは、ただのアクセサリーでなく幼いころからの幸せの象徴だった。なのに、かけがえのないものだったそれも、久尚に奪われた。

どんな手続きをとったのか、高価な首飾りはいつの間にか久尚の手に渡り、久尚はそれをときおり雛に見せつけるようにした。そのたび雛は、心が焼けるような思いをした。

もしもそれを取り戻せるなら、なにと引き換えにしてもいい——この自分の身とでも。

「かなえれば、妻になるのだな？」

「はい」

「いいだろう。取り返してやる」

雛の言葉を受け、美しい男はゆっくりと首を縦に振る。

それはまるで一幅の絵画のようで、こんなときだというのに、雛はそれに見惚《みと》れた。

薄暗い部屋の中で、鷹の姿だけがくっきりと見えるのは錯覚のはずなのに……目が離せない。土岐宮鷹という人物は、雛には、そこにいるだけできらきらと発光しているように見えた。

そのとき、鷹の黒曜石のような瞳がすっと細められた。

鷹という名前の通り、猛禽《もうきん》に似た鋭さのあるそれに見つめられ、雛は思わず目を伏せる。

「私からも一つ条件がある。目障りだ、そのレースを外せ」

「え……？」

「聞こえなかったのか？　レースを外せ。その姿は、私の妻にはふさわしくない」

「でも、これは」

雛が戸惑う。鷹も、この目の色を笑うつもりなのだろうか。どんなことにも耐えようと思ったけれど、それは……。

心臓が苦しくなり、雛は無意識のうちにてのひらを胸のあたりに当てていた。その仕草をどう解釈したのか、鷹が舌打ちをする。

「たかだか目の色一つ……いっそ、それを外すことも契約に盛り込んでやろうか」

契約。

そうだ。私とこの人には、最初から心の交わりなんてない。ならばこの目のことも契約として割り切ろう。なんと言われても、母の首飾りを取り戻すまで。

そう決意した雛が、トーク帽を取り、初めて、レース越しでない眼差《まなざ》しを鷹に向けた。

嘲りと好奇の目を、覚悟しながら。

初めて、鷹の漆黒の瞳と雛の青い瞳がじかに交差する。夜と昼が交わるように。

一秒、二秒、三秒？　それは雛には一瞬にも永遠にも感じられる長さだ。

誰かとこんな風にじっと見つめ合うのは、雛にとっては経験のないことだった。

そのうち、鷹の瞳が星のようにちかちかとまたたいたかに思え、雛は思わず目を細めた。

そのくらい、鷹の眼差しはまぶしかったのだ。自分がただ、この人に目を惹《ひ》かれているだけだとわかっても、なお。

それでも雛は瞳を逸《そ》らさない。

いったい鷹がなにを言うのか、それが嘲笑なら受け止めるのは早い方がいいと……そう思ったからだ。

けれど鷹は、自分の言う通りにした雛に、わずかに満足げな様子を見せただけだった。

鷹の視線が自分から外れた、と思ったとき、雛の肩から力が抜ける。身構えていた分、反動も大きかった。

この人は……わたしを笑わないのね……。

そんな雛の様子を見てなにを思ったのか、鷹が、ふ、と肩をすくめる。

「別に隠すこともないだろう。悪くない。青空のような色だ」

……え？

瞬間、雛は息が止まる気がした。

この人は、お父さまと同じことを言ってくれた。「雛の目の中には空がある」わたしが聞くたび嬉《うれ》しくなったお父さまの言葉。

蘇《よみがえ》る幸せな記憶。なんの憂いもなく、笑っていられたころ。

たとえば、新しいドレスを着てはしゃぐ母、それを優しく見守る父。そんな、とっくになくしたと思ったものが、音を立てて溢《あふ》れてくる。

目頭が熱くなりかけるのを必死で雛は抑えつける。

長く続いた苦しい日々。すべては遠い思い出となり、もう二度と、父のあの言葉も聞くことはできないと思っていた。それが、偶然でも、誰かの口からまた耳にすることができるなんて——。

鷹の言葉と提案は、この数年間、想像さえしなかった変化を雛に与えた。

こんな出会いがあるのならば、これから先にも希望があるのではないかと……わたしがわたしとして生きる意味があるんじゃないかと、一瞬でも思えたの。わたしはもうそれだけで大丈夫。強がりなんかじゃない。

ああ──今、わたしの中にあるのは、喜び。そうね。そうだわ。

雛の心に広がる素直な感情。それは雛自身もたじろぐほどの速さで雛を支配した。

雛は、自分の目の色に負けないように生きていきたいと考えていた。侯爵令嬢としての誇り、自分は小邑家を継ぐ者なのだという矜持《きょうじ》、そのためにはいつだって背筋を伸ばしていなければ、という呪縛のような思い。

そんなものが今、すこし、ほどけた。

先ほどの鷹の口ぶりからすれば、鷹にとっては何気ない一言だったのだろう。

だからこそ雛には、それはまるで魔法のように聞こえた。

雛は思う。

この人とわたしは、これから愛情ではなく契約で結ばれる。

でも、自分はきっとこの日のことを忘れないだろう。

わたしの瞳に「青空」という色をくれた人ができた、この日のことを。

◇◇◇

そんな鷹との出会いから数日後。

雛は、迎えの馬車から降り、豪壮な土岐宮家の屋敷の前に立っていた。

もとより雛の荷物はほとんどない。身の周りのものを小さくまとめた行李《こうり》が一つ。それだけを手に、雛は土岐宮家に入ることとなった。そのことを恐る恐る雛が打ち明けたとき、鷹は傲然と笑い、「必要なものは用意してやる」とだけ告げた。

冷ややかにも聞こえる短い言葉だったが、持参金の一つも用意できない、没落した現状を無理に慮《おもんぱか》られるよりは、その正直さが雛には心地よかった。

「とは言っても……本当にこれだけで大丈夫だったのかしら……」

雛は首をかしげる。

鷹は迎えには来なかったし、馬車に乗っていた御者は、雛を降ろしてすぐにどこかへと去ってしまった。

どうしよう？　雛がそびえる扉の前で立ち尽くしていたとき、ぎっと鈍い音を立てて扉が開く。

「ようこそ、雛さま！」

それと同時に、快活な、明るい声。

思わず雛が身構える。予想していた名門華族の家らしい重々しい出迎えとは、まるで違っていたからだ。

開いた扉の先に立っていたのは、黒いお仕着せを着こなした、すらりとした細身の男だった。年のころは二十代半ば、鷹と同じくらいだろう。鷹のように浮世離れした美貌ではないが、どこか温かみを感じさせる柔らかに整った顔立ちをしていた。

「御者からお着きとの連絡を受け、お待ちしておりました」

「え、あ、はい……」

戸惑う雛に、男は深く一礼をする。

「はじめまして、雛さま。私は上杉圭《うえすぎけい》と申しまして、土岐宮家の執事を務めております」

「は、はじめまして。わたしは」

小邑雛、と言いかけそうになって、雛は慌てて口をつぐむ。

もう自分は小邑ではない。土岐宮になるのだ。でも、まだそれはするりとは出てこない。

土岐宮家の執事を名乗るこの男にそう堂々と言っていいかもわからない。

雛の困惑に気づいたのか、圭は雛を手招くように室内へ招き入れた。

広い玄関ホールは全盛期の小邑家の屋敷《やしき》に優《まさ》るとも劣《おと》らない。雛は思わずあたりを見回す。壮麗な彫刻や、見事な絵画が目についた。

「雛さま、ご心配なく。主人から雛さまについては詳しく伺っております。なんなりと御下命を」

「それならば……旦那さまは？」

雛なりに鷹をなんと呼ぼうか考えた末の、旦那さまという呼称。それさえもくすぐったくて、雛は眼差しを泳がせる。

「鷹さまはお忙しく……本日はお会いできません」

「そう……ご挨拶をしたかったのですが……」

「申し訳ありません。雛さまのお立場ならおわかりだろうとのことで」

「立場……そうですね」

圭はつとめて明るく言ったが、『立場』という言葉は雛の心に重くのしかかった。

そうだ。自分は妻という名のただの契約者だ。普通の結婚生活など望むべくもない。もともと、華やかな式も誓いの場もないと言われていたのだ。なのに、なにを期待していたのだろう。鷹の夫らしい振る舞い？　自分が妻らしく扱われること？

うつむいてしまった雛を励ますように、圭が話しかけてくる。

「そのようなお顔をなさらずに。きっと鷹さまも雛さまに会いたいと思っておいでです」

「そうでしょうか」

「そうですとも。私の父も土岐宮家の執事を務めておりました。そのおかげで、恐れ多くも私は、鷹さまとは幼少の頃よりのお付き合いをさせていただいております。鷹さまのことならば、人より多少は知っていると胸を張れますよ」

　そのうち、雛さまに追い抜かれるでしょうが。と、圭がいたずらっぽく笑う。その砕けた表情に、雛の気持ちも幾分かほぐれた。

「まあ、それはいつになることかしら」

「きっと、すぐにですよ」

「本当かしら。でも、できるなら、早く上杉さんに追いつきたいわ」

　ようやくそんなことを口にする余裕が出てきた雛を見て、圭は目を細めた。

　圭は自身のその言葉通り、鷹とは兄弟のように育ってきた。父が引退してからは、鷹を支えるのが役目だと自認し、身を粉にして働いてきた。敵の多い鷹が信頼する、数少ない人間でもある。

　圭にとって、雛は、その鷹が迎えた花嫁だ。雛の爵位目当ての計算づくの婚姻だと鷹に聞かされていても、その幸せを願わずにはいられなかった。

「さあ、雛さまのお部屋にご案内いたします。お気に召すといいのですが」

◇◇◇

「それで、かの令嬢はどうした」

その夜遅く、屋敷に帰宅した鷹が圭に尋ねた。静まり返った屋敷の中で、目を覚ましているのは鷹と圭くらいだろう。

「お部屋には満足されたようです。不足の品があれば遠慮なくおっしゃられるようお伝えしました」

「そのあたりのことはおまえに任せる」

「……鷹さま」

「なんだ、圭」

「雛さまは鷹さまの花嫁です」

「名目だけのな。私に必要なのは、小邑侯爵家の名前だけだ。土岐宮伯爵家より格の高い家の娘を娶《めと》ればそれだけ箔《はく》がつく。そのうえ、貧しく身寄りのない娘ならば、余計な金もかからず、うるさい親たちをさばく面倒もない。あれはいい買い物をした」

その冷たい物言いに、圭は思わずため息をつく。

鷹は、優しかった子どものころに比べると、すっかり変わってしまった。けれど、鷹をそんな冷徹な男に変えてしまったのはこの土岐宮家なのだ。ここで生きていくためには鷹は――。

「なにか不服か、圭。部屋も食事も令嬢には充分なものを与えただろう。あれは私が土岐宮の本家の棟梁《とうりょう》となるための強い手札だ。小邑女侯を妻にすれば、頭の固い老人も一目置くに違いない」

現在、土岐宮の名を持つ一族たちにより、土岐宮本家を継ぐための静かな争いが起きている。土岐宮家はそれだけでも名門だが、その中でも本家は華族最高位の公爵の爵位を持ち、桁違いの権力を持っていた。鷹も、本家の後継者の座を狙っている。

ただし、その争いに加わるには条件があった。

それは、既婚、もしくは婚姻の意思があること、身体《しんたい》が健康であること、土岐宮家への忠誠心があることの三つ。

鷹が雛に結婚を申し込んだのは、その一つ目を満たすためだった。経済的には没落したとはいえ、小邑侯爵家は名門だ。

そして、鷹にはどうしても土岐宮本家の当主となりたい理由があった。

復讐《ふくしゅう》。

それが鷹を突き動かしているものだった。

鷹は幼いころのある出来事により、土岐宮家を憎んでいた。その憎しみの行く先には際限がなく、復讐の刃を土岐宮本家に振り下ろすことでようやく完遂できるだろうと鷹は考えている。

そのためには、今の土岐宮分家の嫡男のままでは力が足りない。

けれど鷹は、そんなことで歩みを止める男ではなかった。

……それがどうした。

ならば、復讐できるだけの力を蓄えればいい。足りないのなら、足りるだけの努力をすればいいだけだ。

そして、どうせならば、この家ごとすべて滅ぼしてやろう。そのためには、どんなことでもしてみせる。

そう決意した鷹は、表向きは本家の老人に忠実な人間を演じながら、土岐宮本家の当主を目指すことになる。

圭だけは、鷹のその目標を知っていた。

だから、なぜ雛が娶られたかも知っていたのだ。

そんな道具としての妻の雛と、圭は今日はじめて出会い、言葉を交わした。

確かに雛は、鷹が選ぶのもうなずけるくらい可愛《かわい》らしい容姿をしている。そう、圭は思う。貧しい暮らしのせいか、長い黒髪はつやがなく、どことなく寂しげな雰囲気を漂わせていたが、豊かな土岐宮家でしっかりと磨けば、それもおいおい拭い去られていくだろう。

だが、容姿は磨けば輝くとしても、それだけだ。雛は、鷹と渡り合えるようにはとうてい見えない小柄な少女だった。彼女はきっと平凡な華族の娘に違いない。

それならばせめて、少しでも鷹の慰めになるような、人間らしい関係を二人が築ければいいと、圭は、そう考えていた。

「それはそうですが……雛さまもお心細そうで。鷹さまと雛さまが仲睦《むつ》まじく過ごされればなによりではないかと……」

「黙れ。これ以上は、圭、おまえでも口出しは許さない。いいな」

この話はこれで終わりだ、そう言わんばかりの強く冷ややかな鷹の語調。こうなればもう、圭に言えることはない。まるで氷の仮面のような鷹の表情は、透き通るように澄み渡り……けれど頑《かたく》なだ。

「……はい」

「それよりも、小邑久尚の調査は進んでいるのか？」

「狩谷《かりや》に一任しておりますが、順調だとのことです。調査書はこちらに」

「受け取ろう」

「首飾りを取り戻されたら、雛さまはお喜びになるでしょうね」

「どうでもいい。妻にする対価を支払うだけだ。面倒だが、仕方がない」
ハ、と鷹が鼻先で笑う。
そして、手に取った調査書をぱらぱらとめくり始めた。

雛に対する興味は、そこにはまるで見られなかった。

◇◇◇

狭く暗い場所で、身動きが取れない。

雛がまず気づいたのはそれだった。

そして、鼻をつく血の匂いと、男女それぞれの呻《うめ》き声。

「お父さま、お母さま?!」

雛は慌ててあたりを見回したが、紗《しゃ》のかかったような薄闇の中で、なにも見えない。

「誰か、誰か!」

大声を上げて助けを求めてはみたものの、それに応える者もいなかった。

雛の呼吸が荒くなっていく。

このままでは、お父さまたちが助からない。二人が死んでしまう。そうすれば、また、また――。

……また？

絶望に支配されていた雛の頭の中で、なにかがぱちんと弾《はじ》ける。

違う、これは現実じゃない。あの日起きたことの繰り返し。わたしはあの日、こうしてお父さまたちを失った。

ならばこれは……夢？

そう自覚すると同時に、動かないと思った手足が動き始める。過去の悪夢という檻《おり》に囚《とら》われていた雛の意識が、すこしずつ上昇していく。

さわやかな、けれど嗅ぎなれないリネンの香り。上等の枕のやわらかい感触、カーテン越しの日の光。今までいた場所とは……違う気がする。

そうだ、わたしは、土岐宮家に嫁いだのだわ。ここは、土岐宮のお屋敷。

雛は、慌ててベッドの上で体を起こした。そして、目元に散った涙のあとを指先で拭う。急いで嫁いで来たばかりだというのに、こんなことで朝食の時間に遅れたら恥ずかしい。急いで着替えなくては。

持参した行李《こうり》の中から、できるだけみすぼらしくない着物を取り出して、雛は寝間着から着替える。いくらいいものを選んでも、それでもこの屋敷《やしき》の豪華な内装に比べれば見劣りはするけれど、いまの自分にはこれしかないのだ。仕方がない、と思いながら、せめて形だけはと、しっかりと着付けをする。あっという間に、帯まできちんと締め終わり、髪も整え終わった。

そのとき。

「ここなの?!」

無遠慮な声とともに、雛の部屋のドアが開けられた。

え?

思わず身構える雛にはかまわず、ずかずかと部屋の中へ一人の少女が入ってくる。

「おまえがお異母兄《にい》さまをたぶらかしたのね!」

それは、ひどく美しい少女だった。

つややかな黒髪が肩を滑り落ち、同じく黒く輝く瞳がキッと雛を見据えている。怒りとともに、赤い唇から覗《のぞ》く白い歯が鮮やかだ。

「なによ! こんな貧しいなりをして……安っぽい着物……恥ずかしくないの?」

いきなり勢いよくまくしたてられ、呆気《あっけ》に取られていた雛を、さらに少女は責め立てる。

「まあ、その目の色はなに？　そんな色でお異母兄さまの隣に並ぶつもり？」

少女に嘲るようにそう言われ、雛の頬にかっと朱がのぼった。

貧しいと笑われるのはいい。

でも、目のことには触れられたくなかった。

鷹との契約通り、雛はもうトーク帽のレースで目元を隠すことはしていない。それでも、ずっと秘めてきた物が素通しで晒《さら》されるのには慣れなくて、不意に両目を覆いたくなることもある。なのに、それをこうまではっきりと言われれば、鷹の隣に立つ青い目の自分の不釣り合いさに足がすくんでしまう。

ああ、でも。この家ではわたしは一人きり。夫のはずの旦那さまとは契約でしか結ばれていない。ならば、自分は自分で守らねば。

「あなたはどなたさまですか？　ここはわたしの寝室です。ご用があれば居間でお伺いしますので、外でお待ちいただけますか」

必死に言葉を返す雛に、少女はさらに柳眉を逆立てた。

「どなたさま？　このあたしに？　しかも、あなたですって？　いいこと、あたしはお異母兄さまの異母妹《いもうと》よ。春華《はるか》さまとお呼びなさいな！」

「そこまでです、春華さま！」

わけがわからないまま、少女の凄《すさ》まじい勢いに気圧《けお》されていた雛の前に圭が現れ、二人の間に割って入る。

「雛さま、突然お部屋に入りましたこと、お許しください。……春華さま！　おやめください！　いくら鷹さまの異母妹君とはいえ、雛さまにそのようなお言葉！」

「お黙り、上杉。おまえは生意気なのよ！」

「……異母妹？」

雛が首をかしげる。

目の前の少女は鷹の異母妹？　そういえば、自分は鷹の家族のことをなにも知らない。ただ、この家に飛び込む覚悟を決めたばかりで、まだ、そこまで聞く余裕もなかった。でも、その異母妹が、なぜこんなことを？　人を辱める言葉ばかりを？

そんな雛の驚きを尻目に、春華と呼ばれた少女は圭に猫のように襟首をつかまれ、いやいやともがいていた。

「雛さま、あとで鷹さまからご説明があるかとは思いますが、こちらの春華さまは鷹さまの異母妹君です。ただ、それでも雛さまへのこのような態度は許されません。この家の女主人は、今は鷹さまの妻の雛さままでです」

「はあ?! お異母兄さまを盗《と》った奴が土岐宮伯爵家の女主人？ 覚えてらっしゃい！ あたしが本家の跡継ぎになったら、おまえなぞ地面に這《は》いつくばらせてやる！……上杉は手を放しなさい！」

「このままお部屋を出られたら手を放します。さ、春華さま、外へ」

「嫌よ！ この女を追い出すの！ お異母兄さまを手に入れるのはあたしよ！」

「春華さま！」

圭と春華が部屋の入り口でもみ合う様子を、どうしよう、と雛が見守っていると、さらにもう一人の人物が姿を現した。

痩せぎすで、ひょろりと背の高い男だった。そばかすの散った顔に、丸い眼鏡をかけている。春華によく似た大きな目は柔和そうだが、その反面、ずるがしこいような印象も与える。

「面白い騒ぎだなぁ。碧子《みどりこ》さんに聞いて来た甲斐《かい》があった」

「祐樹《ゆうき》さままで……！」

「悪いね、上杉。異母兄さんが妻を迎えたなんて面白いことを知ったら、様子を見ずにはいられないよ」

「春華さまをそそのかしたのも祐樹さまですか？」

「そそのかしたなんて口が悪い。碧子さんから愉快なお知らせを受け取ったと伝えただけだ。……やあ、雛さん、僕は祐樹。鷹兄さんの異母弟《おとうと》だよ。これから仲良くしてくれると嬉《うれ》しいな」

すっと歩み寄って来た祐樹にうやうやしく手を取られ、雛は、慌ててその手をすっと引き戻す。いくら鷹の異母弟だと本人が名乗っても、知らない男に手を握られるのは、華族令嬢として教育を受けた雛の道徳上、許せないことだった。

「おや。さすがは異母兄さんの奥方だ。しっかりしていらっしゃる」

「祐樹、この女はあたしに逆らったのよ！」

「なるほど、春華姉さんの勢いにも押し負けないとはね。見どころがあるじゃないか。異母兄さんにもそう伝えておこう」

祐樹が肩をすくめる。

おどけた仕草をした祐樹の体は、けれど、後ろから来た人間に、ぐい、と乱暴に押しやられた。

「どけ」

「お異母兄さま！」

その声を聞いて、春華がぱっと表情を明るくする。

二人の背後に立っていたのは、鷹だった。

「お異母兄さま、聞いてちょうだい。この女はあたしを馬鹿にしたわ。許せない！」

「それだけのことをしたのだろう。令嬢よ、なにをされた？」

「……安っぽい着物を着て、恥ずかしくはないのかと言われました」

雛が、瞳に困惑の色をにじませながら答えると、鷹は美貌にひやりとした笑みを乗せた。

笑顔のはずのそれは、見ている者の背をぞくりと寒くさせる冷たさに彩られていた。

「圭、春華を下がらせろ」

「は」

「どうして！　お異母兄さま！　ひどい！」

とりつく島もなく言い放たれ、春華が抵抗するが、そこには鷹が来る前までの居丈高さはなかった。圭に導かれ、廊下をすこしずつ遠ざかっていく春華。

それを見送ってから、鷹が祐樹に向き直る。

「祐樹も帰れ。この令嬢の紹介の場はあとで正式に設けるつもりだっただけだ。そのときに来い」

「ふぅん。青い目の奥方ともっと話をさせてはくれないのかい？　鬼みたいな異母兄さんの奥方だ、もう一人鬼が来ると思っていたらずいぶん可愛《かわい》い人じゃないか。少なくとも、異母兄さんみたいな鬼じゃないね」

「黙れ。そのうるさい口を縫い付けてやろうか」

「おお怖い。こんな怖い男で本当にいいのかい、雛さん。こいつは、あなただって簡単に塵《ごみ》のように捨てるよ。今までの敵にしてきたみたいにね」

「ああ。そして、次はおまえだ。消えろ、塵め」

「はいはい。おっしゃる通り邪魔者は消えますよ。でもね、異母兄さん、碧子さんもそろそろ来るんじゃないかな。僕らに雛さんの存在を教えてくれたのも碧子さんだよ」

「碧子め……この屋敷の中にそこまで入り込んでいるのか……」

「はは！　やっぱりあの人は手回しがいいね！　雛さんのこと、僕は半信半疑だったけど本当だったし、異母兄さんもすこしは用心しないと！」

笑い交じりの声に、ギッと音がしそうに鋭い鷹の眼差《まなざ》しが祐樹を射抜いた。

「失《う》せろ。でなければ足をへし折る。そうすればここに出入りすることもできなくなるだろうからな」

「なんと！　ではその前に退散することといたしましょう。それでは、異母兄さん！」

道化師のように軽く一礼をして、祐樹も廊下を下がっていく。

それを見て、鷹が短く息を吐いた。

「あれは土岐宮の恥どもだ。私と血が半分つながっているのも忌々しい。普段は別宅に住んでいるのだが……朝から下らないものを見せたな」

「いいえ、大丈夫です」

「……おまえは、変わった娘だ。驚かないのか。嫌にならないのか」

雛は黙って首を横に振った。

驚いていないと言えば嘘《うそ》になる。でも、雛は、今はそれを言うべきではないと思った。

先ほどの、異母弟妹《きょうだい》たちに対する鷹の態度は、階級制度のある華族の中で育てられた雛にもひどく残酷に見えた。もちろん、華族という枠の中では、権力や財産を求めて血族どうしが反目し合うことがあるのも知っている。ただ、温かい家庭で育てられた雛にとって、それを実際に見たのは初めてだった。

雛には聞いたこともないような鷹の乱暴な言葉遣いも、異母弟妹を見送る冷たい目も、その驚きに拍車をかけた。

けれど自分は、この鷹の冷ややかさに救われた部分もあったのだ。

廃屋と化した小邑邸《てい》でいやしい叔父に罵られていた自分を黙って見守り、ただ「見事な啖呵《たんか》だ」とだけ言ってくれた鷹。貧しい暮らしをしている自分を見ても同情どころか、眉一つ動かさず、対等な取引相手として扱ってくれた鷹——なまなかな同情よりそのことのどれだけ救いになることか――。もしかすると、契約という細い糸で結ばれている分、自分は公平に扱われているのかもしれない。そんなことまで雛は考えていた。

「そうか。……おまえは存外、掘り出し物だったかもしれないな」

「旦那さま?」

「なんでもない。それより、朝食だ」

「まあ、お給仕いたします」

「私は他人とは食卓を囲まない、仕事以外では」

そのきっぱりとした物言いに、つきんとかすかに雛の胸が痛む。いくら自分が鷹に救われたと感じているとはいえ、それは彼には関係のないこと。夫婦ならば食事はともにするもの、というのはあくまで普通の夫婦の間のことで、自分たちにはそんなものはないのだ。

見上げる鷹の横顔はあいかわらず美しく、だが、雛には陶器のように冷たく見えた。血の通わないビスクドールに命が吹き込まれれば、きっとこんなふうに麗しくも近寄りがたく見えるだろう。

そうだった。わたしたちはただ、契約で繋《つな》がれたもの同士。夫と妻という名目は得ても

――他人なのには変わらないのだわ。

雛の中に、そんな思いがよぎる。

「はい、では」

「これからは、時間になったら食堂に行き、好きなように食事をとれ。場所は戻って来た圭に聞くがいい」

「あ……」

「本来ならすべて圭に案内させるつもりだったが、馬鹿騒ぎのせいで時間を取られた。圭には私は執務室に行ったと伝えろ」

「……かしこまりました、旦那さま」

雛が静かに礼をする。それには一瞥《いちべつ》もくれずに、鷹は執務室へと歩を進めた。


土岐宮家の台所。そこには、食堂で朝食を終えた雛がいた。

雛は無心で自分が使い終えた皿を拭き、重ねていく。

かちゃかちゃとかすかな音。

こうして家事をするのは――気分がいい。あちこちに心が動くのを、静められるような気がする。

雛がそう思いながら手を動かしていると、背後から気遣うような圭の声が聞こえた。

「雛さま、無理はなさらずに」

「大丈夫です。無理などしていませんよ」

「しかし、小邑家のご令嬢が使用人のようなことを」

「上杉さん、上杉さんも旦那さまのお近くにいるのならば、今の小邑家がどんなありさまだったかご存じでしょう？」

ぐう、と圭の言葉に詰まる気配。

雛はそれに思わず、ふふ、と笑い声をこぼしてしまう。

この反応ならば、圭も知っているのだろう。没落した小邑家には使用人など望むべくもなく、雛が一人で家事をしていたことも。

はじめは慣れない包丁仕事に指を切り、皺《しわ》だらけの洗濯物を作り出してしまった。

それでも、作業する人間は自分しかいない。そう決意してからの雛の行動は早かった。

そうすることで、小邑家の体面を少しでもとりつくろえるのならば、使用人の代わりくらいいくらでもしよう。

いまや小邑家はわたし一人。わたしが胸を張ることがなにより大事なのだから。

「それに、上杉さん、わたし、なにもしないのも気が引けるんです。旦那さまはわたしに、首飾りを取り戻すお約束をして下さったし……それだけでなく、こんな恵まれた環境も下さいました。なら、わたしもできることをしたいなって。駄目かしら？」

「駄目では……雛さまは、不思議な方ですね」

「え、どうして？」

「どうも、名家のご令嬢と接している気分にはなれません」

「あら！」

「あ、いいえ、違います。いい意味で、です。おつらいこともあったでしょうに、天真爛《てんしんらん》漫《まん》で……偉ぶらず……」

「肩ひじ張ってもなにもいいことはありませんもの。それよりも、笑顔で受け入れることの方が大事だと思うんです」

　自分が笑顔で接すれば、きっと周りも笑顔になってくれるわ、と言葉の通りに雛が笑う。それを見て、圭の胸に、この健気《けなげ》な女主人を守ってやりたいという感情が湧く。執事としてではなく、鷹にいちばん近いはずの人間として。

　そのためには、この人にはもっと味方が必要だ。

　そうだ。

「雛さま、これから土岐宮で暮らすのに、居心地が良くなる方をご紹介しましょう」

　あの人と雛を引き合わせよう。

きっと、雛とならば気が合うはずだ。

「まあ、ありがとうございます、上杉さん」

皿を拭き終わった雛が圭に頭を下げる。

「嬉《うれ》しいわ。とっても楽しみ！」

「今日の雛さまは、予期せぬ来客で大変な目にあわれましたからね」

「春華さんと祐樹さんのことね。確かに驚きましたわ」

「はい。ですから、土岐宮には好人物もいることをわかっていただかねば。今日の午後はいかがですか？　その方はこの屋敷《やしき》の敷地《しきち》内の別宅に住まわれていますので、お呼び立てするのにご遠慮はいりませんよ」

「では、お言葉に甘えます。どんな方か聞くのはまだ早いですよね？」

「そうですね、それはお会いしてからのお楽しみということで。それでは、本日の午後に」

「ええ！　上杉さんは旦那さまが信頼しているだけあって、本当に優しい方ね！」

はずむ雛の声が圭の胸に落ちる。

圭が抱く雛の印象は、初対面の時から随分と変わってきていた。

道具として買われた雛に半ば同情するような気持ちから、春華への凛《りん》とした態度に、さすがは小邑家の令嬢だと感心するようになり、こうして台所仕事を楽しむ姿を見れば、まるで妹を見ているような気分になる。

ああ、この人が、主人に嫁いできてくれてよかった。

もしかしたら、この人がずっとそばにいれば、変わってしまった主人も、いつか、あの頃の鷹に戻ってくれるかもしれない——。

「上杉さん、どうかなさいまして？」

「少し、考え事を。……おや、まるで磨かれたようにぴかぴかだ。皿たちも喜んでいるでしょう」

「わたし、皿洗いには少々自信がありましてよ」

少女らしく胸を張る雛を見て、圭が目を細める。

明るい光の差し込む土岐宮家の台所は、温かい空気に満ちていた。

◇◇◇

「碧子」

「なにかしら？」

雛と圭がいる台所とは正反対の雰囲気の鷹の執務室。

そこで、デスクセットに腰かけた鷹と、その前に立つ女は相対していた。

夜の闇のような黒髪を高く結い上げた女が首をかしげる。美しいが、どことなく近寄りがたい印象を与える女だった。くっきりとした目の奥の瞳孔は炯々《けいけい》と光り、まるで獲物を見つけた蛇のように見えた。

彼女は、土岐宮碧子。鷹の従妹であり。土岐宮本家の後継者争いの一端に加わるものだ。

「春華につまらぬことを吹き込むな」

「あら、だって、春華さんは知るべきでしょう？　大好きなお異母兄さまを奪う者が現れたことを」

ククッと碧子が声を立てて笑う。鷹の眉間の皺が深くなった。

「春華さんは健気ね。あなたを手に入れるためにこの土岐宮を手に入れようとしている。純粋で、可愛《かわい》らしいわ」

「下らない」

鷹が吐き捨てる。

「雛さんも、可愛らしい人ね。その上、春華さんに負けない強さもあるなんて……いい人を妻にしたこと」

「おまえはどこまで知っている」

「さあ。手札は簡単に人に見せるものではないわ。それでなくても、私とあなたは敵同士……」

碧子のとろりと赤い唇が、笑いの形に動く。

「でも、雛さんにつきまとうあの男、小邑久尚は厄介ではないかしら？　早く手を打たないと足をすくわれるわよ。……たとえば私に。私だったらあの男をうまく使うわ」

「黙れ。そんなことをわざわざ言いに来たのか」

「そうよ。警告ね。私はフェアな勝負が好きだから。それに、こんなに簡単に、私の手が屋敷に入れるのを許していたら、あなたはじきに負けるわよ」

「なにがフェアだ。毒蛇め。自社の領分の拡大のためならどんな手でも使うくせに」

「まあ、随分な言い草。あなたの可愛い妻についてあっという間に知られたことに腹を立てているの？　そんな暇があったら、誰が情報を漏らしたか調べたら？」

「言われなくてもそうするさ。用はそれだけか？　ならばさっさと帰れ」

鷹に虫を追い払うように激しく手で払われ、碧子はつんと口をとがらせながら執務室の扉へと向かう。

そして、鷹の方を振り向き、にんまりと笑った。

「ああ楽しい！　最後に土岐宮本家を手に入れるのは私よ！」

それはまるで、夜をそのまま形にしたような声だった。

◇◇◇

そして、その日の午後のこと。

「雛さま、こちらは土岐宮よし音《ね》さま、鷹さまの叔母君にあたります」

圭の手で色とりどりのお菓子とお茶のポットが置かれたテーブル。そこで雛は、品のいい初老の女性と向き合っていた。
五、六十代くらいだろうか。どことなく鷹に似た端整な顔立ちのその女性は、ゆったりとした微笑《ほほえ》みを浮かべて雛を見ている。
「こんにちは、雛さん。なにはともあれ、この家へ来てくれてありがとうございます。今日はお茶でも飲みながらお話ししましょう」

「あ、小邑……ではなくて、土岐宮雛です。よろしくお願いいたします……」

おずおずと雛が頭を下げる。

旦那さまの叔母さま……どんな人なんだろう？　上杉さんが紹介してくれる人だから、

いい人には決まっているだろうけれど……。

そんな雛の戸惑いが表情に出ていたのだろう。よし音は、安心して、とでも言うように、雛に改めて笑いかけた。

「そんなにかしこまらないでも大丈夫よ。圭からいろいろと話は聞きました。鷹は難しい子だから、あなたも苦労するでしょう」

「い、いいえ、全然！　旦那さまはいい方です」

「まあ、本当？」

「ちょっと……その……驚くことはありましたが……」

今朝のことを思い出し、雛は「あれは大変だったわ」と心の中でつぶやく。

鷹は雛の対応を気にいってくれたようだったけれど、雛にとってはそれどころではなかった。その存在を知りもしなかった鷹の異母弟妹たちは、どちらも一筋縄ではいかないように見えた。特に春華の敵対心に満ちた眼差《まなざ》しは、没落してから様々な目にあってきた雛でさえ初めて体験するような、痛烈なものだった。

「正直でよろしい！　本当に、圭の言う通り、可愛い人ね」

ぱちぱちと胸元で軽く手を叩《たた》いてから、よし音が、傍らに立つ圭を見上げる。

それに応えるように、圭も深くうなずいた。

「ええ、よし音さま、それに、雛さまは皿を磨くのがとてもお上手なんですよ」

「あら、じゃあお料理はお好き？」

「はい！」

よし音が、テーブルの上に身を乗り出すようにして聞いてくる。その快活な様子につられるように、雛も明るく返事をした。この人は悪い人ではない。短いやり取りの中でも雛にはそう思えたのだ。まだ若いうちに人生の浮き沈みを経験している雛の、人を見る目は確かだった。

「嬉しいわ。わたくしもお料理が好きなの。土岐宮家の者が台所に入るなんて……と叱られたこともあったけど、自分の食べるものを作るのは楽しいわ」

「わかります。それに、人さまにこのようなことを申し上げるのもお恥ずかしいですけれど、両親がいなくなり、いろいろと不自由することになってからは、なにもかも自分でするほかなく……」

しんみりと言う雛の手に、よし音がそっと自分の手を添える。

すると、がさりと荒れた感触が伝わって、よし音は雛の生きてきた環境の過酷さを言葉だけでなく、現実として思い知った。つらいことも数えきれないほどあったろう。一人で小邑家を守る困難さは、きっと言葉にもできないものだったに違いない。

その上で、それでも自分に向かって笑える雛を、よし音は好ましく受け止める。

「率直な方ね。ご苦労なさったのも圭から聞いているわ。なのに、ちっとも曇ったところがないとか」

「……上杉さんたら」

褒められ、雛が目元を赤らめてはにかむ。そんな純粋な雛の様子を見て、よし音と圭が顔を見合わせて笑った。

「鷹のことがずっと心配だったけれど、これで安心ね。圭が太鼓判を押すような人が来てくれれば、このわたくしの肩の荷もいくらかは下ろせるわ」

そう言ってから、よし音がすっと表情を変えた。年相応の憂いのあるそれを見て、雛が姿勢を正す。

「ところで、雛さんは鷹からこの家のことをどのくらい聞いているの？」

「よし音さま」

「この家にはたくさんの事情があるわ。鷹にもね」

「わたしは、まだ、あまり……」

わたしが名前だけを買われた、なにも知らないお飾りの妻だなんて、旦那さまのことを本気で心配しているだろうこの人には言えないわ……でも、どうしましょう。

雛が戸惑っていると、そこに助け舟を出すように圭が言葉を挟んだ。

「よし音さま、そういったことは必要があれば鷹さまからお話しをされるはずです。ですから、今はまだ」

「でも……」

「鷹さまのご気性を考えれば、勝手なことをしたと話がこじれかねません」

「……そうね。悔しいけれど圭の言う通りかもしれないわね。でも雛さん」

「はい」

「わたくしはあなたの味方でありたいと思っているわ。鷹の大事な人は、わたくしにも大事な人よ。なにかあったらいつでも連絡してちょうだい」

「……ありがとうございます……！」

まるで、母のような口調でよし音に言われ、雛の瞼《まぶた》が潤む。心細かった気持ちが、すこし救われた気がした。土岐宮家で一人で頑張ろうと考えていた、肩の力がやわらぐ。

「じゃあ鷹の秘密をひとつ教えてさしあげる」

「な、よし音さま……っ？」

「いいのよ、圭」

慌てた様子の圭に、優雅な所作でウインクをし、よし音がいたずらっぽく声を潜めた。

「あの子はね、甘いものが好きなのよ。あんな、世にも稀《まれ》な彫像のような顔をしながら」

「……まあ！」

「特に好きなのが焼き菓子なの。紅茶の……ニルギリを飲みながら食べるのが好きなのよ」

あの子のいっとう大切な秘密を教えてしまったわ！　と言いながら、ふふ、とよし音が笑う。

「もし鷹に焼いてあげるのならば、バターのシンプルなクッキーが喜ばれるわ。こーんな顔をするだろうけど」

と、よし音が眉間に人差し指を当てて皺《しわ》を作る。

「あれでも喜んでいるのよ。チョコレートやジャムの載ったのも作って確かめてみたわたくしが言うのだから、本当よ」

「よし音さまは優しい方ですね。わたしにも、こんなに気を遣ってくださって」

「あら、そうかしら？……ところで、雛さんはクッキーを焼いたことはある？」

「はい」

「わたくしもよく焼くのだけれど、なかなかさっくりと焼けないのが悩みなの。お煎餅のような歯ごたえのクッキーができてしまうのは悲しいわ……」

よし音が困惑した少女のような表情を浮かべる。それを見て、雛はおずおずと口を開いた。

「あの、もし、もうやっていらしたら失礼なのですが、種をまとめたあとに、しばらく寝かせていらっしゃいますか？」

「いいえ。どうして？ まとめたらすぐに延ばして型で抜いてしまうわ」

「そうでしたの。実はわたし、子どものころからクッキーが好きで……。母と二人で招かれたお茶会でいただいたクッキーがとてもおいしくて、自分でも作りたいとねだったことがありました。自分で作れば、毎日でも食べられると思いましたし、なんなら自分の顔より大きいクッキーにすれば、『一度に何枚も食べては駄目よ』という母の言いつけを守りながら、好きなだけクッキーが食べられると思いましたの」

リスのように両頬をふくらませた、幼い雛を想像して、よし音と圭はふふっと柔らかく笑った。

「それで、母が生きていたころに――」

よし音がはっと息を呑《の》んだ。

昔を思い出すように瞳を閉じた雛。懐かしそうな微笑を浮かべてはいるが、それはどこか痛々しいものだった。あえて悲しみを表に出すまいとする、少女らしい努力まで見てとれ――よし音と圭は、雛が両親を奪われていたことを改めて思い出す。

そうだった。雛が母だけでなく父も一度に失ったことは、当時の社交界でも必ず話題にのぼるほど痛ましい出来事だった。しかし、雛はよし音たちのそんな思いには気づかなかったようで、温かな過去だけをたどるように言葉を続ける。

「一生懸命クッキー作りを研究したことがあったんです。けれどやはり、よし音さまと同じようにクッキーはさっくり仕上がらず……。お恥ずかしながら、落ち込んでしまいました。そんなわたしを見かねて、母が西洋の料理人から教えてもらった秘訣《ひけつ》が、種をすぐに焼かないことなんだそうです。種はしばらく寝かせないと、さくさくしないと。それを聞いてからは焼くのがうまくいくようになって……食いしん坊のわたしは、それにとても喜んで、やたらとクッキーを作ってしまい、両親に叱られたものです」

そこまで言った雛は、まるでその日のことを思い出すように、柔らかく笑った。

きっと、それは雛の中で純粋に大切な思い出なのだろう、そう考えたよし音は、雛の両親のことには触れることなく、ただ優しく言葉を返す。

「あらあら……わたくしのやり方がいけなかったのね。ありがとう、雛さん。お台所のお話までできるなんて嬉《うれ》しいこと。まるで……娘ができたみたい」

ふわりとほどけたよし音の口元につられて、雛もくすぐったそうな微笑みを浮かべる。

するとそのとき、ほどけていたはずのよし音の口角がきゅっと動いた。

「あなたなら、大丈夫ね。きっとあなたは、あの娘とは違うわね」

「え……？」

表情を変えたよし音に、雛が思わず聞き返す。

よし音は、どこか遠くを見ながら、苦いものを口に含んだような声音で言葉を続けた。

「鷹の婚約者になりながら、裏切ってほかの男のところに走ったあの娘……。あの娘さえいなければ、鷹もああまで頑《かたく》なではなかったでしょうに。わたくしは本当に悔しくてならないわ。それでなくとも鷹は、子どもの頃から苦労ばかりしているのに……」

「よし音さま、お話はそこまでに」

「あ、ああ、圭、ごめんなさい。鷹の過去のことは言わないといった傍《そば》から。つい、ね」

圭にそっと押しとどめられ、よし音はまたくすりと笑う。「おばあちゃんはこれだから嫌だわ」と付け加えながら。

「お気持ちはわかります。あれ以来、鷹さまはなおさら裏切りを憎むこと、ことのほか……けれど、雛さまになら、いつかすべてをお話しになるだろうと、私は考えています」

「そうね。こんな可愛《かわい》い人になら……きっと……」

よし音が、再び目を細める。そして、雛へと手を差し出した。

「雛さん、土岐宮へようこそ。これから、仲良くいたしましょうね」

本当は、こんなにも優しげなよし音が『あの娘』と称した女性のことを雛は聞きたかった。でも、それはきっとこの場で口にしていいことではない。雛はそう判断して、短い同意だけを口にする。

「はい、よし音さま」

雛がよし音の手を取る。そして、ぎゅっと握り返す。その雛の手の上に、さらによし音がてのひらを載せて、包み込むようにした。

そのとき、三人のいた部屋のドアが突然開いた。三人とも、一斉にそちらを見る。特に、大事な客が来るから、と人払いをさせていた主が、眼《め》を鋭くさせた。けれど、そこにいた人を確認して、すぐにそれをやわらげさせる。

「鷹さま」

「あら、鷹、どうしたの？」

よし音に問われ、鷹は無言で物憂げに首を振った。

はらりと、乱れた一筋の髪が形のいい額に散る。その髪を長い指で無造作にかき上げ、整える。

そんな、なにげない仕草さえ鷹は美しく、雛は思わず目を奪われてしまう。

こんなに綺麗《きれい》な人も、この世にはいるのね……。

けれど鷹はそんな雛にはかまわずに、よし音の方へ顔を向けただけだった。

「……よし音さんか。どうして」

「あなたの花嫁に会いに来たのよ。……雛さんは、いい人ね」

よし音に明るく言われた鷹は、あからさまに顔をしかめる。余計なことを、と言わんばかりだ。

「どうでもいいことでしょう。圭、狩谷のことで話がある。来い」

「は」

「あら、狩谷さんがどうかして？」

「仕事の話です」

よし音の呼びかけには一瞥《いちべつ》もせずに鷹が答える。真冬の風のように凍えた声だった。

「冷たいわねえ……。あのね、雛さん、狩谷は土岐宮の遠い親戚なの。いつかご紹介しましょうね」

「よし音さま、雛さま、申し訳ありません。いったん座を外します」

圭がすまなそうに小さく頭を下げる。それに朗らかによし音が答えた。

「いいのよ、圭。わたくしは雛さんとお話をしていくから。殿方は殿方の仕事をなさい。

そうよね、雛さん」

「あ、は、はいっ」

「ね」

にっこりとよし音が笑う。

「それでは」

鷹と圭が部屋を出ていく。それをよし音と雛は穏やかに見送った。

◇◇◇

執務室の前に立ち、鷹が圭に問う。

「圭、おまえは狩谷のなにを見ていた？」

「……？　狩谷が、なにか」

「自分の目で確かめろ」

ぎい、と重い音を立てて執務室の扉が開く。

その中に入っていく自分たちは、まるで地獄に向かうようだ、と圭は思った。

「鷹さま!」

　執務室で待っていた狩谷が、あからさまに狼狽《ろうばい》した顔で振り向く。

　狩谷は五十歳くらいだろう。実直そうな、平凡な面差しの男だった。

「どうかなさいましたか？　上杉さんまでご一緒に……」

　そんな狩谷にはかまわず、鷹が、乱暴な手つきでデスクの上の報告書を圭に渡す。三枚目をもう一度見てみろ、と硬い口調で促しながら。

「狩谷、あれは先日、圭を経由して渡されたおまえからの報告書だ。小邑久尚から首飾りを取り戻す件が一向に進まないのでな、それを私なりに精査してみた」

「それは……っ、こちらも精一杯動いてはおりますが、あの男、なかなかに老獪《ろうかい》で……」

「そうか。ならば、その老獪な男と手を組んだおまえはなんだ？」

　ヒッと狩谷が息を吞む。それは、どんな言葉より雄弁に、狩谷の裏切りを表していた。

「報告書の数字に誤差がある。圭は騙《だま》せても私は騙せない。狩谷、もうおしまいだ」

「違います、違います!」

「違う？　そうか？」

「はい!　私は鷹さまを騙そうとしたことなどありません。報告書の数字が違うのならば、私が至らぬせいで——」

「ならば、二日前、帝都のカフェー」

言葉とともに鷹の喉がくっと鳴り、弓なりの眉が楽しげにひそめられた。狼《おおかみ》が獲物を前にすれば、きっとこんなにも胸が高鳴るような表情をするだろう。そして、鷹の顔立ちならば、そんな表情さえ似合うのだ。もしうっかりと視線を合わせたら、それだけで目を奪われ、立ち尽くしてしまうくらい――自身が、追われる獲物でさえなければ。

「小邑家の者とおまえが話をしていたと、カフェーの給仕から証言を得た。女給を侍《はべ》らせ、随分と豪遊していたらしいな？」

狩谷の唇がわなわなと震える。追い詰められ、それでもなんとか逃げ道を探そうとしている。そんな様子だ。

「あの日は！　鷹さまの言いつけで郊外に商談をしに行っておりました！　その後すぐに自宅に帰ったので、帝都公園通《ていとこうえんどお》りにはカフェーどころか、足を踏み入れてもおりません！」

「なるほど、私が見間違えたと言いたいのか」

「恐れ多いことではありますが、左様です！　それに私は小邑家の家令《かれい》とは会ったこともございません！」

「……では、なぜおまえは、カフェーのある場所が『帝都公園通り』で、小邑家の者が

『家令』だと口にした？　私はなにも言っていないはずだが」

蒼白《そうはく》になった狩谷が思わず口元に手を当てる。

それを見た鷹が、愉快そうに口角を上げた。

「語るに落ちたな、狩谷」

狩谷が、がくりと肩を落とす。そして、必死な目で鷹を見上げた。

「そんな……っ。ちょっとした、ちょっとした出来心だったんです！　博打《ばくち》に負けて家屋敷をかたに取られたところに奴が近寄ってきて、金を出すと……。もう二度としません！　お許しください！　上杉さんをお連れになったのならば、お許しくださるということなんでしょう？」

「いや。圭には自分の不手際の結果を見せたいだけだ。──いいか、圭、おまえが見誤ったから、こうなる」

「……申し訳ありません、鷹さま」

「上杉さん？　鷹さま？　狩谷家は長年土岐宮家に尽くしてきたではありませんか！　忠実な部下だったではありませんか！」

「だが、今は忠実ではない。おまえは、もういい」

鷹の人差し指が、自分の首を掻《か》っ切るようなジェスチャーをした。

「狩谷家は土岐宮家から排斥する。それだけではない。今後、一族の誰ひとりまともな職業につけるとは思うなよ。土岐宮伯爵家の総力をもって命じる。虫のようなおまえは虫のように生きろ。地面に頭をすりつけながらな」

「お許しください！　お願いです、鷹さま！　私は駄目でもせめて息子だけは……！」

「うるさい。なにをどう許せと？　一度裏切った人間は何度でも裏切る」

鷹が、世にもあでやかな微笑を浮かべる。

血が通っていないようにも見えるそれは、美しいのに、その場にいる人間全員の背筋を凍りつかせた。

燃える炎より恐ろしい、絶対零度の怒り。本物の美は、生半可な罵声より恐怖を伴うことを彼らは改めて知ったのだ。

鷹の指がデスクの上のベルを鳴らす。すると、控えの間に待機していた男たちが執務室へと入ってくる。

「狩谷を連れていけ。二度とこの屋敷に近づけるな」

その男たちに冷厳と命じ、鷹はもう、必死に懇願を続ける狩谷の方を見ることさえなかった。

「圭、私は裏切りが大嫌いだ」

圭と二人だけになった執務室の中で、鷹が静かにそう告げる。

「存じております」

「……昔を思い出す。忌々しい」

冴《さ》え冴《ざ》えとした鷹の双眸《そうぼう》が、わずかに濁り、遠くを見た。

鷹の裏切りを憎む言葉を聞くたびに、圭は、鷹を裏切ったあの女を思い出す。

あんなことさえなければ、過去のことがあっても、鷹はもう少し物柔らかでいたかもしれないのに――。

だからといって、圭には今さらどうにもできることはない。

圭はそれ以上なにも言えず、ただ無言で鷹の隣に立った。それだけが、圭にできることだった。

雛と同じように、鷹も長いこと一人だった。

それは、鷹の幼いころに遡る。

家に帰ってこなくなった父、屋敷に連れ込まれた母ではない女、母の違う弟妹だと告げられた春華と祐樹。それからの記憶はおぼろげだ。いや、鷹が自分から思い出さないように蓋をしているという方が正しい。

そして、鷹は今の鷹となった。

因果応報に絶対的な重きを置く、峻烈《しゅんれつ》な男に。

「狩谷が金に困った時に、都合よく小邑久尚が出てきたのは不自然すぎる。……裏にいるのは碧子か」

「雛さまのことが漏れていたことといい、その可能性は高いかと」

「碧子め。私を追い落とすためとはいえ、本家の後継者になるために、なりふりかまわなくなってきたな」

鷹は碧子の商才だけは評価していた。

碧子は、土岐宮本家の後継者となるため、新興財閥の息子と婚約を交わし、それを足掛かりにして父から受け継いだ事業を大きく展開させていた。

自身の存在さえも財産を増やす賭け金にする女だ。放置すれば面倒な女だというのは、圭の報告を経ずとも鷹にはわかっていた。自分の敵の力量を過小に見積もるほど、鷹は愚かではない。

「土岐宮本家はそれだけ偉大なお家《いえ》ですから」

うやうやしく言う圭に、鷹はしばらく無言だった。

土岐宮家を憎みながら、その家を手に入れようとする矛盾。それを処理するうちにささくれだった鷹の心は、今ではもうなにも感じないほどだ。

その鷹が、ゆっくりと口を開く。

「……そうだな。おまえの言う通り、土岐宮本家は老人にだけ住ませるのは勿体《もったい》ない家だ……碧子は自分の父が後継者になると思っていたから、本家への執着も一筋縄ではいかないのだろう」

ぐっと鷹がこぶしを握り締める。爪がすべらかな白い肌に食い込み、力の込められた関節が赤く色を変えた。言葉にならない怒りが、そこには込められていた。

「いいか、圭。碧子のことはまだ確証はない。だから、奴を潰す証拠にもならない。だが、牽制《けんせい》は必要だ。私と碧子、どちらにつくか選びかねていたあの銀行を揺さぶれ。あとほんの一押しで私につくはずだ。私に手を出すとはどういうことか、碧子にも理解させてやる」

「かしこまりました」

圭が、深く一礼をする。

「これで、あの女も少しは思い知るだろう。自分がどんな相手と戦っているかを」

鷹の口元に、めずらしく、ほんのわずかに笑みが浮かんだ。それはまるで泡のようにすぐに消えてはしまったけれど。

その代わりのように、鷹は凍《い》てついた息を吐く。そして、射抜くような黒く光る眼差《まなざ》しで前を見据えた。

「なにがあろうと、土岐宮本家を手に入れるのは私だ」

◇◇◇

雛が鷹の屋敷に嫁いで、しばらくの時間が過ぎた。

その間に、肌寒かった日々は終わりを告げ、木々は芽吹きを始める。

雛は、鷹の屋敷の庭で、その変化を感じていた。

「本当に見事なお庭だこと……」

庭は、和の部分と洋の部分に分けられ、雛が今いるのは和の部分だ。

半円形の石造りの橋の掛けられた池の端には、手入れの行き届いた桜の木々が並び、ふっくらとつぼみを膨らませかけていた。

「雛さま」

池の中の鯉《こい》を見つめていた雛の背後から、圭が声をかける。

「はい。どうかなさいまして？」

いつの間に歩み寄って来たのか、圭にまったく気づいていなかった雛は、少し驚いた顔でそう尋ねた。

「鷹さまがお呼びです。執務室までご一緒にお願いいたします」

「わかりました」

雛の着物は、あいかわらず、自宅から持参した粗末な物のままだ。いまだ交流もほとんどない鷹になにかを欲しがるのも気が引けたし、特に不自由もなかったからだ。あの襲来の日から、春華が屋敷に来ることもない。

「雛さま、土岐宮での生活には慣れましたか？」

歩き出した雛に、圭が問う。

広い庭だ。そして、それ以上に広い屋敷でもある。そのせいで、二人はなかなか執務室には歩きつかない。

「ええ、だいぶ」

雛がわずかに笑った。それ以上は、なんと言えばいいかわからなかった。

寂しいとか、せつないとか、そんなときの振る舞い方は、契約書には書いていない。だから、口に出せることでもない。

「それはようございました。すこしでも居心地よく過ごしていただければ――なにかありましたら、なんなりと、私に」

圭も、鷹が雛と親しまないのには気づいていた。だが、気づいたからといってどうにもできはしないのだ。ならば、せめて執事として精一杯この人に仕えようと思っていた。

「今は特に不自由はございません。でも、困ったら相談いたしますね」

「ぜひ」

そんなことを話しながら歩いているうちに、二人は執務室の扉の前に行きついた。

「私は他の仕事があるので同席いたしませんが、大丈夫ですか？」

ご不安ならばおそばにいます、と圭が付け足す。鷹と雛の間に流れるぎごちない雰囲気を察してのことだった。

それに雛は「大丈夫です」と首を横に振る。

「これでもわたしは旦那さまの妻ですもの」

まるで、自分に言い聞かせるような声だった。小邑女侯としての誇りと、籍の上だけでも土岐宮伯爵家に迎えられた事実だけが、今の雛を支えていた。

第一章　お披露目パーティ

「来たか、令嬢」

「旦那さま。なにかご用でしょうか」

「ああ。近いうちに、おまえを披露するパーティを開く。聞けば、社交界への顔見せをしていないそうだな」

雛《ひな》の顔がかあっと熱くなる。恥ずかしい。けれど、貧しさのせいで華族として当然のこともできていなかったのは事実だ。鷹《たか》にはそんなつもりはないのだろうけど、雛の心は勝手にえぐられてしまう。

逃げだしてしまいたくなる気持ちを必死で抑え、雛はなんとかうなずいた。

「……はい。旦那さまのおっしゃる通り、しておりません」

「ならば、なおのこといい機会だ。小邑《こむら》女侯を私の妻に迎えたことを、社交界に周知させる。小邑の名は高名だ。敵の多い私の役に立つ」

「なぜ」

「ん？」

「なぜ、旦那さまは敵が多いのですか？」

そこまで言ってしまってから、雛ははっと口を押さえる。

余計なことを言ってしまった。わたしは、旦那さまの隣で笑っているだけの人形でいいのに。

けれど雛の予想に反して、鷹は少し目を見開いただけだった。

「大胆な娘だな……今まで私にそんな質問をする者はいなかった」

「申し訳ございません！」

「いや、まあ、いいだろう。その答えなら、土岐宮《ときみや》の本家を欲しがる者は多いからだ。おまえも華族ならば、土岐宮伯爵家が土岐宮公爵家の分家なのは知っているだろう？」

「存じております。土岐宮公爵家のご当主にお目もじしたこともございますわ。幼いころのお話ですけれど……」

「おまえは本家の老人に会ったことがあるのか」

鷹の口元がほのかに緩む。

小邑家の家格が高いことは知っていた。けれど、なかなか他人と会うことのない土岐宮本家の主が雛と会うほどまでとは思っていなかった。

雛を首飾り一つで手に入れたのは幸運だったのかもしれない。鷹はそう思う。

「その本家の後継者を今、私たちは争っている。おまえも会った春華《はるか》、祐樹《ゆうき》、それに近いうちに会うだろう碧子《みどりこ》。全員、土岐宮の本家を手に入れるためには手段を選ばない人間ばかりだ。それぞれが相手を叩《たた》き潰すために動いている」

あら、でも、と雛が首をかしげる。

あの日、自分に酷《ひど》い言葉を投げた春華は、まっすぐに鷹への激しい想《おも》いを口にしていた。鷹を奪う人間だと、雛にあからさまな敵意を向けていた。

そんな春華がどうして鷹と争うことになるのだろう。

「春華さんは旦那さまをお慕いになっているのでは?」

「好意がそのまま善意に結び付く世界に私たちはいない。それとこれとは別物だ。もっとも、私にとって春華はただの敵。異母弟妹《きょうだい》という繋《つな》がりさえわずらわしい」

冷たく笑う鷹の気持ちが、雛には理解できなかった。

雛にとって、好意は好意で返すものだ。こんな風に話すものではない。

世間の評判のように鷹は雛に残忍なことをするわけではないが、ただそれだけだ。いつかはもっとわかりあいたいけれど……。雛は、鷹に気づかれないように、そっとため息をついた。

「これで私に敵が多い理由がわかっただろう。土岐宮本家を継ぐということは、本人だけではなく周囲の運命まで変えるようなことだ。誰もが血眼になる。例外はない」

鷹の視線が窓の外へと向く。

広大な庭を介して、自分たちの置かれた状況を俯瞰《ふかん》するような眼差しだった。

「……無駄話をしたな。とにかく、おまえと私は夫婦としてパーティに出席する。これは命令だ。拒否するなよ？」

「拒否なんて……わたしは旦那さまに従います」

本当は、雛は、パーティに出るのは気が進まなかった。青い瞳の自分は好奇の目を浴びるだろう。そんなときでも、横にいるこの人が慮《おもんぱか》ってくれることはないに違いない。

だってわたしたちは、契約で結ばれた二人――。

でも、契約で結ばれた二人だからこそ、と雛は自身を鼓舞する。せめて、わたしはパーティの場では堂々と旦那さまの妻でいよう。それが旦那さまに買われたわたしの役目なのだから。

「ただ、旦那さま、わたしはドレスや宝石は売り払ってしまいましたので、社交界に出られるような服は持っておりません」

そう言うだけで、雛は顔から火が出そうになる。

恥ずかしい、恥ずかしい。小邑家の人間が、こんな哀れっぽいことを口にする日が来るなんて！

「わかっている。それはこちらで用意しよう。ドレスは新しくあつらえればいい」

「ありがとうございます」

雛が頭を下げる。それになんの反応も見せず、鷹は手首の時計へと目をやった。

「布地は選ばせてやる。……そろそろ届くはずだが……」

遅いな、と鷹が顔をしかめた。そのとき、執務室のドアがノックされた。

「入れ」

その鷹の声に従い、雛も何度か屋敷《やしき》の中で見たことがある男が執務室に入ってくる。

男はすっと鷹に近寄り、ためらうように雛に目をやった。

「あの令嬢ならかまわない。妻だ」

そのためらいのない声に、雛の心臓がどくんと波打つ。

偽りでもかりそめでも、妻だと言われることにはまだ慣れない。知らないうちに鼓動が跳ね上がってしまう。

そんな雛にはかまわずに、男は鷹に何事か告げる。

鷹の形のいい眉が、ぎゅっとひそめられた。

「小邑久尚《ひさなお》が？」

　コムラヒサナオ。その単語に、雛の肩が思わず持ち上がった。

　どうしてここで、あんな人の名前が――。

「そうか、わかった。手配は続けろ。布地がなくては話にならん」

「かしこまりました」

　鷹に一礼をして男が執務室を出ていく。

　雛は、久尚について問いたい、でも問うていいのか、と、着物の袖を握りしめた。そして、意を決したように、聞く。

「叔父さまが……どうかなさいましたか」

「おまえには関係ない……と言いたいところだが、布地の流通を止められた。パーティを邪魔する気だろう。奴は案外厄介な男だな。さっさと排除せねば」

「そんな！」

「ドレス用の布地など、限られた販路でしか扱われていないのが響いた。パーティの招待状ももう送ってしまったしな……。だが、まあ、なんとでもしてみせる。今日はおまえはもう下がれ」

「あの……」

雛が目をしばたたかせる。

叔父がしたことで迷惑をかけてしまったならば、少しでも鷹の力になりたかった。幸い雛には令嬢教育の一端として、布地や裁縫の知識がある。

「なんだ、言いたいことがあればはっきり言ってかまわない」

「旦那さまの経営する土岐宮商会《ときみやしょうかい》での布地の取り扱いは……」

「ドレス用の布地はない」

「そうでしたか……」

雛がうつむく。

考えれば当たり前のことだ。鷹の商会で布の取り扱いがあれば、外部から購入する必要もない。けれどこのままでは八方塞がりだ。

そう、雛が途方に暮れたとき、鷹が、なんということはない口調で付け加えた。

「着物用の反物ならば取り扱っているがな」

「着物用……ですか」

雛の脳裏に、鮮やかに巻き取られた反物が積み上げられた光景が目に浮かぶ。

土岐宮商会の規模ならば、百貨店にも劣らない品が揃《そろ》っていることだろう。でも、反物が何反あっても、ドレスが出来上がるわけではない。

雛が青い瞳をゆらゆらと揺らす。迷いと、それからドレスの形について考えている顔だ。社交界で流行しているのは、華やかな膨らみのあるバッスルドレス。それには専用の布地が不可欠なのだ。

そのとき、雛の中で、ドレスとある物が結びつく。

——ならば、まるで違うものを仕立てればいいのではないかしら？　土岐宮商会の商品だけで成立するようなドレスを。

「旦那さま！」

ぱちん、と軽快な音を立てて、雛が手を叩いた。

そして、ぽっと耳の先を赤く染める。

思わず大きな声を出してしまい、雛は照れていた。

「？　どうした？」

鷹に尋ねられ、雛は赤い顔を隠すように頬に手を当てながら言葉を続ける。

「反物でドレスを仕立てたらいかがでしょう……？　よい反物は柔らかく、いかようにも仕立て上がります」

「なるほど。面白い考えだ」

鷹は感心した後、経営者の顔つきになった。

「しかし、見た目はどうだ？　ドレスに反物の模様が合うか？」

「和の姿を生かしたドレスにすればよろしいのですわ。わたし、裁縫は一通り母に仕込まれております。旦那さまさえよろしければ、反物でドレス一式をお仕立ていたします」

雛の申し出に、鷹は顎に手をやり、しばらく考える仕草をした。

確かに、華族令嬢ならばその程度の裁縫ができても不思議ではない。いや、むしろ基礎知識だ。しかし、和の姿を生かしたドレスとは……？

女性のファッションに興味のない鷹には、にわかには想像がつかなかった。けれど、このままでは、パーティまでにドレス用の布地が手に入らないかもしれないのも事実だ。

鷹の優れた頭脳が無言のままで算盤《そろばん》をはじく。

そして、結論を出した。

「やってみろ。必要なものは用意させる」

「はい！」

雛が嬉《うれ》しそうに答える。

それに、鷹はかすかにうなずく。

鷹は、ドレス用の布地の手配をやめる気はなかった。なんとしてでも布地の入荷をパーティに間に合わせ、雛に豪奢《ごうしゃ》なドレスを着せるつもりでいた。土岐宮伯爵家の威容を見せるには、それがなによりだと思ったからだ。

だがこの時、鷹はずっと凍り付いていた感情が、わずかに動いたのを感じた。経営者として、雛の仕立てるドレスの可能性に興味がまったくないと言えば嘘《うそ》になる。けれどそれ以上に、くるくると変わる雛の表情に気を惹《ひ》かれたのは確かだ。雛が青い瞳を輝かせて思い浮かべたものを、自分の目でも見てみたいような――。

いや、そんなこと、一時の気まぐれにすぎない。

鷹は、ゆるやかに首を振り、自分の中に生まれたものをかき消す。鷹の彫りの深い目元に影を落とす睫毛《まつげ》が揺れ、それはまるで、憂えるギリシアの神のようだった。

それから数日。

雛は一心にドレスを縫い続けた。

「ふう……」

いくら裁縫の知識があると言っても、和服用の反物をイブニングドレスに仕立てるのは、雛も初めての経験だ。根を詰めて作業をしていることで疲れも溜《た》まり、もともと白い雛の肌はさらに白く、もう、透けてしまいそうなほどだった。

「……でも、顔色ならお化粧で隠せるもの……」

雛がつぶやく。

そして、母が縫物をしていたときのことを思い出し、雛はふふっと笑った。懐かしい母の子守歌が思わず口をつく。

そうね、お母さまもこんな風にお仕立てをしていたことがあったわ。お父さまのために、一針ずつ大切に縫ってらして。わたしも、旦那さまのために頑張らなくちゃ。

胸の奥の誇りが雛を支えていた。小邑家の当主として単なる施しをよしとしない心、そして、形だけの妻でも夫の役に立ちたいのだという、少女らしい自負。

あとすこし……帯はリボンのようにして……裾にもパーティに似合う華やかなあしらいを……。

雛の想《おも》いを形にするように、その指が反物の上を動いていく。

「大丈夫、できるわ」

息をつき、額の汗をぬぐい、雛は自分に言い聞かせるようにひとりごちた。

楽しそうな形を描く雛の唇が、無自覚に歌を紡ぐ。

それは先ほど口ずさんでいた、裁縫をする母が歌う、懐かしい子守歌だった。

そうして雛が裁縫に熱中している部屋の前、偶然通りかかった鷹は思わず足を止める。

うっすらと開いた扉から洩《も》れるかすかな子守歌――。それは、記憶に深く沈み込ませた、鷹が失った幼い時代を刺激するものだった。

令嬢が作業をしているのか。

そう気づいた鷹の中に、まだ幸せだったころのことがよぎる。

母の手の中の刺繍《ししゅう》枠。その中でぴんと張りつめた布地。魔法のようにひらめく母の指先が、布地に可愛《かわい》らしい模様を作り上げていく。それとともに、楽しそうな歌声。雛と同じ歌声。――そうだ、「鷹さんが小さい頃はこの歌ですぐ寝付いたものよ」と母が……。

いや、やめろ。

鷹は強く頭を振って、思い出を振り払う。

今の自分に必要なのは、温かな過去ではない。復讐《ふくしゅう》という未来に進むことと、そのための憎悪という燃料。ただそれだけだ。

◇◇◇

「鷹さま、雛さまがご用があると」

その日、いつもと同じように外出先から執務室に戻った鷹に、圭《けい》が声をかける。

鷹が眉をひそめた。

「令嬢が？……おまえが聞いておけ」

「いえ、お言葉ですが、今回のご用事は鷹さまでなければ」

「圭？　私に進言するつもりか？」

鷹の言葉が棘《とげ》を帯びる。圭もすぐにその棘に気づき、かぶりを振りながら一礼した。

「そのような不敬なことは……。ただ、雛さまはドレスが出来上がったとたいそう喜んでおいでです。ぜひ、ご覧になっていただけないでしょうか」

「ああ」

鷹が無意識に目を閉じる。

思い出すのは、扉の隙間から垣間見《かいまみ》た雛の姿だ。

唇から洩れる子守歌、丸く白い頬。その白さには疲れも窺《うかが》えたが、それ以上に楽しそうに、明るい光を帯びて見えた雛……。

「そんなこともあったな。まあいいだろう。令嬢を通せ」

「かしこまりました。……どうぞ、雛さま」

圭に促され、ドレスを腕に抱えた雛が執務室へと入ってくる。

疲労から来ているのだろう目元の赤みとは裏腹に、その顔は明るい喜びに満ちていた。

「おかえりなさいまし、旦那さま」

「前置きはいい。用件を話せ」

「あ、はい。あの、この前お話ししたドレスが縫い終わりました。これならばパーティに出ても恥ずかしくないと思うのですけれど……いかがでしょうか？」

雛が両腕をぱっと開き、ドレスの全体像が鷹にもよく見えるようにする。

上等の仕立て屋に頼んだようなその仕上がりに、圭は思わず目を見開いた。まさか雛の腕前がここまでとは……。

驚いた圭が、横に立つ鷹の様子をちらりと見てみれば、彼もまた無言のままドレスを見つめていた。切り出したばかりの水晶のような鷹の視線が、熱心にドレスの生地の上を滑っていく。

どうかしら？　どうかしら？

とくとくと跳ねる心臓をなだめながら、雛はそんな鷹の反応を待った。

すると、鷹はちらりと雛へと眼差《まなざ》しを移し、聞く。

「これは、一人で仕立てたのか？」

「はい。上杉《うえすぎ》さんにも布地の準備は少し手伝っていただきましたが、なにぶん初めて仕立てる物ですので形をうまくお伝えすることが難しく、たいていのところはわたし一人で行いました」

「そうか――」

反物を多く扱う仕事をしている鷹には、雛の施した仕立てがただ素晴らしいだけでなく、とても丁寧だということがよくわかった。その上、裾の処理や細かいあしらいからは、彼女の根気強い人柄と、これまで世になかったドレスをどれだけはっきりイメージしていたかがうかがい知れた。

しばらくの沈黙のあと、鷹は軽くうなずく。

「悪くない」

「よかった！」

雛が顔を笑み崩す。口元がきゅっと持ち上がり、まるで子どものように無邪気な表情がそこには現れた。

「同じ反物で旦那さまのタキシードも仕立てましたの！　せっかく夫婦で出席するなら、揃《そろ》いの布地の方がいいかと……思い……まして……」

雛の言葉の語尾が小さくかき消えていく。

そこまで口にしたところで雛は気づいたのだ。

きっと旦那さまは迷惑そうにするわ。でしゃばった振る舞いは好まない方だもの。わたし、どうしてはしゃいでしまったのかしら。わたしたちは、本物の夫婦なんかでは、ないのに。

「ごめんなさい。余計なことをいたしました。旦那さまとわたしは……」

「いや、それも悪くない。主人と女主人が一揃《ひとそろ》いの装いをするのは確かに見栄えがする。これだけの仕事をしたお前があつらえたタキシードならば、仕上がりも充分だろう」

なんでもないような顔で鷹にそう言われ、雛ははっと胸を押さえる。

鷹の言葉は、ただ雛その人を評価するものだった。

小邑家の令嬢でもなく、家族も財産もすべてを失った不憫《ふびん》な娘でもなく、純粋に雛の成し遂げたことを称《たた》えている。

雛の心が不思議と温まる。鷹にこう言わせた自分を少し誇らしく感じると同時に、雛は鷹のあり方を再認識した。

この人は……冷酷だと言われるけれど、それだけではないのね。自分の敵には容赦しなくても、評価に値する行いや、味方には相応に報いようとする。横暴なだけでは多くの人を動かせないと、それを知っている人――。

そう考えると、雛の胸が不意にきゅっと苦しくなって——でも、それは嫌なものではなかった。

「なんだ、惚《ほう》けた顔をして」

「いえ、なんでも」

「おまえのこの働きに褒美を。……圭、宝石商を呼べ。すぐに来いと私が言っていると伝えろ」

「は」

鷹に命じられ、圭が執務室を出ていく。

それを見送った鷹が、雛に向き直る。そして、ちらりと白い歯を見せた。

「あんな家に埋もれていた令嬢は、無力でつまらぬ娘だろうと思い込んでいたが……おまえは違うのだな、雛」

それは、雛が初めて鷹に名前を呼ばれた瞬間だった。

雛が鷹のそんな台詞《せりふ》に驚いているうちにあっという間に時間は過ぎ去り、そして、今の雛は自分の目の前に広げられた極上の宝石たちの前で目を大きく見開いていた。

赤く燃えるルビー、まばゆい金鎖、虹色のオパール。

ほかにもたくさんの、ため息があふれそうな逸品が、そこには並べられていた。

「これは……旦那さま」

まあ、と雛が目を泳がせる。こんなに高価な物を揃えて、どうしようというんだろう？

「褒美だと言ったろう。どれでも好きなものを選べ。……ああ、パーティで使うのだから、ドレスに合うものを選べよ？」

私に宝石の良しあしはわからないから、あとはこの男に任せる、と、鷹が、宝石商の方へ目をやる。すると、そちらに控えていた恰幅《かっぷく》のいい男が、うやうやしく頭を下げた。

「奥さまの美貌ならばどの石でもお似合いでしょうが……そのドレスに合わせるのならば、こちらやこちらがよろしいかと。どちらも極上の品でございます」

宝石商の手が、うずらの卵ほどもありそうな大ぶりのダイヤと、自ら発光しているようなぽってりと大粒の真珠を雛に勧める。

雛はまだ、呆気《あっけ》にとられたように目を見開いたままだ。

鷹はたいした感慨もなく、輝く宝石を眺めている。

これだけ高価な物を与えてやるのだ、雛はきっと喜ぶだろう。

そう、あの異母妹《いもうと》や親族の女たちのように。しかもこの娘は、元は名門の小邑家出身とはいえ、極貧にあえいでいた『廃屋令嬢』だ。その証拠に、首飾り一つと引き換えに土岐宮家の妻になった――。心もとない金銭状況なのだ。

しかし、そのとき、鷹には予想もしていなかった雛の声が聞こえた。

「とても嬉《うれ》しいお申し出ですけれど、今回はご遠慮いたします」

「雛？」

なぜだ？

今までこうして金を積んで喜ばなかった人間などいない。

驚いて軽く目をすがめた鷹のその様を、申し訳なさそうな表情で雛が見た。そして、口を開いた。

「旦那さまからは、嫁入りまでにいくつか宝石をいただいております。どれもとても上等のお品で、パーティで身につけても恥ずかしくないものばかり。それに……わたしが申しあげるのも口幅ったいことですが、無駄遣いはいけませんわ、旦那さま」

一瞬、呆気に取られた鷹は、めずらしいことに、本当にめずらしいことに、声を立てて笑った。

「無駄遣い？　土岐宮伯爵家の財産がこの程度で揺らぐとでも？」

その笑い声に、宝石商はさっと青ざめる。

鷹の笑い声がなにを意味しているのか――けして、単純な喜びを表すものではないこと

──を認識していたからだ。

「あ、いえ、きっと奥さまはそのような意味では……」

けれど、宝石商が覚悟していたように、鷹の怒声が部屋に響くことはなかった。

鷹は相変わらず、肩を揺らしてくつくつと笑っている。

「……おまえは、面白い女だ」

鷹にとって、まず、自分に逆らうような人間に出会うのが久しぶりだった。鷹の周囲の人間は、基本的に鷹の提案には首肯する。圭やよし音《ね》は多少の意見を返すこともあるが、それでも全面的に否定することはない。その上、今回鷹が雛にした提案は、雛に利益しかもたらさないものだ。

そんな、どんな女でも頬を緩めるだろう宝石の前で、この娘は、鷹の懐具合の方を心配したのだ。

自分より他人を優先するのは美徳だが、文字通りの宝の山の前で、それを実行できる者は少ない。いや、今までの鷹の人生では存在しなかったと言っていい。

積み上げられた金の前では人間は等しく無力で、みな鷹の思うままになった。──目の前の、この貧しく華奢《きゃしゃ》な少女以外は！

「旦那さま……？」

心配そうに雛が聞く。せっかくご機嫌がよさそうになったのに、わたしのせいで損ねてしまったのかしら……そんな、表情だ。それに、かまわない、と鷹がてのひらをひらめかせて返す。

そう、鷹は本当にかまわないと思っていた。

廃屋になっていた小邑邸《てい》で、雛が久尚に敢然と立ち向かっていた姿が、鷹の中に不意に蘇《よみがえ》る。誰一人味方のいない場所で、ほつれた着物を着ながら、この少女はどうしていた？

まっすぐに背筋を伸ばしていた。まるで、あまたの近衛兵《このえへい》を従えた女王のように！

ぞくり、と鷹ははじめての感覚に背を震わせる。

この少女は——雛は、新しいなにかを自分にもたらすかもしれない。そんな予感がしたのだ。

◇◇◇

「雛さま、鷹さまのご用意が整いました。さあ、大広間へ」

そうして訪れたパーティの夜。雛は主に促され、鷹とともに、大広間へと下りる大階段の上に立つ。けれど、雛の視線は、鷹に釘付《くぎづ》けだった。

なんて美しい人なの……こうして正装をしていると、まるでお伽噺《とぎばなし》の王子さまみたい……。

雛の目を奪ってしまった鷹の姿は、パーティ用に撫《な》でつけられた髪といい、ぴたりと着こなしたタキシードといい、似合いすぎていて、高名な絵画の中から抜け出たように現実感がない。鋭い瞳がときおり物憂げに伏せられるのも、鷹の容姿に神性を加味していた。

そのせいで、近づきたいのに近寄れない――そんな相反する畏怖が鷹の全身からは湧き出ている。圧倒的……あまりにも圧倒的だった。そしてそんな絶対性は、人をたじろがせる武器にもなる。雛もまた、鷹の美貌の前に息を呑《の》んでいた。

わたしが、こんな人の隣にいてもいいのかしら。人とは違う、青い目のわたしが。……いいえ、ひるんではいけないわ。わたしを恥じたら、わたしはわたしでなくなってしまうもの。

雛はそう自分に言い聞かせるようにして、差し出された鷹の手を取る。そのまま、鷹にエスコートされ、赤い絨毯《じゅうたん》の敷かれた壮麗な階段を、雛は一歩ずつ下りていく。

そして、二人が大広間に降り立ったとき、待ち構えていた群衆がわっと沸いた。

思わず雛が一歩後ずさる。

どうしよう？　反物のドレスは失敗だった？　わたしと旦那さまは不釣り合い？

ちかちかと、雛の頭の中をいくつもの疑問詞が通り過ぎる。

けれど、その声が歓声だと気づいて、雛の頬が桜色に染まった。思わず、少女らしい笑みが口元に浮かぶのを抑えきれない。

だって、わたしが。青い目の『廃屋令嬢』だったわたしが――！

「まあ、雛さまのドレス、とっても素敵ね！」

「伯爵のタキシードもよ！　あんなタキシード見たことがないわ！」

歓声にこたえるように雛のドレスの裾が翻る。

薄水色の地に金泥で縁取られた桜の柄が散らされた、この季節にぴったりの正絹の反物は、胸元はあくまで和風に前合わせに仕立てられ、半襟の代わりに繊細なレースがそこに色を添えていた。

腰高に巻かれた帯はコルセットめいてぴったりと雛の体に添い、前面から見たときは東洋らしいすらりとしたシルエットを強調し、背面から見たときはリボンをかたどって組み合わされた部分がドレスそのままの華やかさを魅せる。

裾は蝶《ちょう》の羽のようにあでやかに床に向かって広がり、半襟と揃《そろ》いのレースがまるで海の泡を思わせる儚《はかな》い豪奢《ごうしゃ》さを強調していた。

そして、全体的に淡くなりがちな春色のドレスを引き締めているのが、合わせ全体からちらりと覗《のぞ》く黒綸子《りんず》だ。細かな灰色の文様が浮き出しているすべらかな黒綸子は、鷹のタキシードと同じ生地で揃えられている。

大広間に集まった女性たちが、みな、ボリュームのあるバッスルドレスを身にまとっているのに比べ、しなやかな雛の姿は明らかに一線を画していた。

中華後宮の美姫《びき》と西洋の姫君の装いを矛盾なく一人の人間にまとわせたようなそれは、パーティの参加者たちの注目をさらって余りあるものだった。

なにより、そのドレスをまとう雛の瞳の輝きが参加者たちの目を引く。こぼれ落ちそうな大きさのくりっとした瞳は、参加者たちが話に聞いていた濁った色とは違い、澄み渡るように青くきらめいていた。大人びた優雅な曲線を描く鼻梁《びりょう》と、土岐宮家に嫁いでから少女らしい丸さを取り戻したふっくらした頬の組み合わせも愛らしい。その頬は紅などいらないほど若々しく上気し、ふわりと桃色を刷《は》いている。笑みをたたえた優しげな唇もまた同じ桃色に彩られ、触れればどれだけ柔らかいのだろうと誘惑するようだ。結い上げられた豊かな黒髪は、土岐宮家で過ごしたことですっかりと元のつやを取り戻している。上等の絹糸と見まがうようなそれは、美しく変わった雛の姿に、威厳さえ与えていた。

参加者たちの視線は、次第にドレスから雛その人へと場所を変えていく。

無作法な声が「雛さまってあんなにお美しいの？」「伯爵のためにあつらえられた人形のようだ」「青い目の令嬢を笑ってやろうと言った方は誰？　見事な方を笑うのはみじめよ」などとさざめくのが、聞こえないふりをしていても耳に届き、雛は頬が熱くなっていくのを抑えきれない。

……美しい？　わたしが？　こんなの初めてよ。どうしましょう……。

そうたじろぐ雛だが、その驚きに目を見開く仕草すら彼女の美しさを引き立て、人々の注目の的になっていることには気が付かないままだ。

パーティの開始の挨拶をし、乾杯の声をかける鷹の隣に立ちながら、雛はまだほわほわと熱を持つ頬と、人々からの視線に困惑し続ける。こんなことは初めてだった。

「……さま、雛さま」

「あ、はい。ごきげんよう」

上品なドレスの婦人に声をかけられ、雛は穏やかに一礼する。

「ごきげんよう。あら、あの土岐宮伯爵家の奥さまがこんなに可愛《かわい》らしい方なんて！」

「そんな……でも、もしそう見えるなら、旦那さまがわたしに気を配ってくださっているおかげです」

「まあ、お熱いこと。雛さまほどお可愛らしい奥さまなら、伯爵が気がかりをなさるのも当然ですわ。そんなに素敵なお召し物は、よほど奥さまを愛していなければ用意できませんもの。雛さまの青い目と水色の生地が本当によくお似合いですわ」

それは自分が選んだ物……とも言えず、雛はただ微笑《ほほえ》んだ。その、一見余裕のある、高貴なレディのような態度が周囲の人間をさらに引きつけるのにも気づかずに。

何人もの人間が雛に近づき、思い思いの言葉をかける。

そのどれもが好意的で、雛と雛のドレスの素晴らしさを礼賛するものだった。

それは、青い目を嘲笑されるのではないかと考えていた雛には予想外のことで、ただ、必死で応対を続ける。

そのとき、ひときわ目立つ真紅のドレスを身につけた若い女性が雛を呼び止めた。

年齢は碧子と同じくらいだろう。意志の強そうなくっきりとした目鼻立ちが印象的だ。

「はじめまして、雛さま。わたくしは北条《ほうじょう》子爵家の娘、北条茉莉《まつり》ですわ」

「茉莉さま、はじめまして」

茉莉に丁寧に挨拶をされ、雛もそれに笑顔を作って応じる。雛は、このパーティでずいぶんと新しい知り合いが増えた。

「本日はお招きありがとうございます。ところで、雛さま……」

いたずらっぽく声を潜めた茉莉に、雛が首をかしげる。

「？　なんでしょう？」

「雛さまのお召しになっているドレス、どこでお仕立てになりましたの？　こんなモダンな趣向のドレス、初めて拝見しましたわ。芙蓉屋《ふよう》かしら。それとも銀座の百貨店？」

わたしが仕立てたものだと言っていいのかしら……そう、雛が躊躇《ちゅうちょ》していたとき、茉莉の背後から鷹が声をかけた。

「これは北条嬢。碧子ならばここにはいませんよ」

「あら、伯爵。確かにわたくしは碧子の友人ですけれど、今日は碧子ではなく伯爵の奥さまに会いに参りましたのよ。今、雛さまにドレスをどこでお仕立てになったのか尋ねておりましたの。ね、雛さま」

茉莉から突然話を振られ、雛がこくこくとうなずく。それを苦り切った顔で鷹が見つめていたその時――雛の頭にひとつの新しい着想が浮かぶ。

そうだ、きっとこれなら旦那さまのお役に立てるわ！

「ええ、茉莉さま、このドレスは土岐宮商会で仕立てました」

「土岐宮商会で？　商会が商うのは反物だけで、ドレスのお取り扱いはないと伺っておりましたけれど……」

「反物で仕立てたドレスなんです。ほら、お近くでご覧になって。そうすればわかります」

「……雛さまの言う通り、正絹に黒綸子ですわね。へえ……反物でドレスを……この帯も、レースも商会で？」

「はい！　レースは土岐宮商会だけで取り扱っている、舶来の上物です。種類もたくさんありますから、なかなか人と同じになることもありません」

「それは洒落《しゃれ》ておりますわね！　ドレスとなると似たような形が多うございますけど、こんな形ははじめてですし、なによりレースで自分を魅せるのはロマンティックですわ！」

茉莉が、嬉《うれ》しそうに胸の前で指を組み合わせる。

雛が必死で鷹を見上げていると、鷹も雛の意図に気づいたらしい。すこしだけ表情を緩め、茉莉に名刺を差し出した。声はまだ平坦《へいたん》だが、自分の仕事に関することならば、鷹でも愛想笑いを浮かべることくらいはできる。

「お好きな色の帯や反物を組み合わせてくだされば、商会がドレスに仕立てますよ。どうぞ、これを持ってご都合のよろしいときに商会へ」

「これは伯爵、ありがとうございます。……あの伯爵からお名刺をいただいたなんて、わたくし、皆さまに自慢しますわ！」

「名刺よりもドレスを皆さまに」

「もちろん！　妹もお友達も商会に連れて参りますわ。わたくしたち、そのドレスで社交界に一番乗りしなくちゃ！　本当に、雛さまってとてもご親切でいい方ね。さすが伯爵の奥さまだわ」

大切そうに名刺を押しいただいた茉莉が、「さっそく皆さまにドレスのお話をいたしますわね」とその場を去っていく。それを見送り、鷹は雛に向き直った。雛が、かすかに睫《まつ》毛《げ》を震わせる。

旦那さまの役に立ちたい……その一心で茉莉と会話をしていたけれど、やっぱり、余計なことだっただろうか？

雛が、ぱちぱちと忙しくまばたきをした。その冷徹な美貌と手腕から誤解されがちだが、鷹は暴君ではない。それを雛は身をもって知っている。だからこそ、有能な彼が今の自分の行動に対してなんと口を開くのか、耳にする瞬間を緊張して待ち構えていた。

そんな雛の気配を感じ取ったのか、鷹はふっと吐息だけで笑うと、予想外に柔らかい声で雛に語り掛ける。

「ドレスの仕立て方を、土岐宮商会のお針子に教えてくれ」

「はい、もちろんです。そのつもりで茉莉さまにドレスのお話をいたしました」

「大丈夫だ。おまえの態度からそれは理解した」

ということは……わたしが旦那さまのお役に立ちたいと思ったことも、お心に通じているかしら。……そうだと、いいのだけれど。

思案する雛の指が首元のレースを撫《な》でる。行儀が悪い仕草だとわかっているが、どうにも気持ちが落ち着かなかったのだ。

それにはかまわず、鷹が言葉を続ける。

「北条姉妹は社交界の花形だ。彼女たちが着れば、その他の有象無象もそのドレスを着ることになる。土岐宮商会にとって、ドレス販売は新規の大きな事業となるだろう。碧子を出し抜く武器にもなる。おまえがドレスを仕立てると言ったときには想像しきれていなかったが……」

こういうこともあるのか。

小さな鷹のその声は、まるで教会の鐘の音のように雛の胸を打った。

喜びが雛の中に満ちる。

自分の目に「青空」という名前をくれた、この美しい夫の手助けができたのだと確信できたとき、雛の視界は、またひとつ開けたような気がした。

雛がそんな言葉にならない感情をかみしめていたとき、ゆらりと、宵闇のような声が二人の背後でする。

「私の友人も盗《と》るなんて、さすがね、雛さん。鷹の選んだ伴侶だけあるわ」

盛装に身を包んだ碧子が、そこには立っていた。

「本日はお日柄もよろしく、おめでたいこと。こうして見ると、あなた方はお似合いの二人じゃなくて？」

ワイングラスを手ににこやかに言う碧子に、鷹があからさまに顔をしかめた。

雛は、そんな二人を見て、どうしよう、とでも言うように、交互に鷹と碧子の顔を見比べる。

「碧子、なんのために来た」

鷹の端的な問いは、ぞくりとするような冷たさに満ちていた。鷹の物言いに慣れてきた雛も、思わず身をすくめる。けれど、碧子はそんなことにはかまわず、にやりと笑う。美しいのに噛《か》みつくような笑みだった。

「嫌ね。こそこそ入り込んだりはしていないわ。我が家も土岐宮の分家の一つよ？　父の名前で招待状を送ってくれたじゃない。ちょうどいいから、父の代理であなたたちを祝いに来たのよ」

「そうか。それは重畳。これでもういいだろう。帰れ」

鷹の指が大広間の扉を指さす。透徹したまなざしは、もう碧子を見てもいなかった。鷹にとって、どうでもいいものは存在しないものと同じだ。今の碧子は、パーティを首尾よく終えそうな鷹にとって、どうでもいい存在そのものだった。

「あら、ひどい言い草。ねえ雛さん、茉莉を陥落させるなんてうまいことをしたものね。あの子はこの社交界でも声の大きい方よ。あの子が勧めれば、皆そのドレスに興味を持つわ。きっと、土岐宮商会に特需が起きるわね」

そう話しかけながら、碧子が雛に近づく。思わず後ずさりしてしまいたくなる気持ちを抑えながら、雛はその場で背筋を伸ばして微笑んだ。そして、自分なりに、鷹の妻ならばこう言うだろうという言葉を選んで口にする。

「旦那さまのお役に立てたのならばなによりです。それに、茉莉さまは……とてもいい方でした」

「いい方！　アハハ！　きっとあなたの手にかかれば、どんな人間も『いい方』になるのでしょうね！」

笑い声とともに、碧子の瞳孔がきゅっと引き絞られる。それは、鷹が「毒蛇」と呼んだ目そのものだった。

それでも雛は一歩も引くことはない。

わたしはこんなことでは臆したりしないわ。お母さまもそうだった。お父さまの横に、しとやかに、でも、影のようにしっかりと寄り添うの。

雛の心には、土岐宮家に嫁いでから蘇《よみがえ》りつつある、両親から学び培った誇りのようなものが湧きあがる。

わたしがしっかりしていなくては、誰がしっかりするの？　契約で結ばれたものだとはいっても、いま旦那さまのおそばにいるのは、わたし。ならば、きちんと演じてみせましょう。土岐宮伯爵家の女主人にふさわしい姿を。

「ええ。真心で接して応えてくださらない方なんていません。碧子さんもそうではないのですか？」

凛《りん》とした雛の姿に、鼻白んだように碧子が笑みを消す。

つまらない、とでも言いたそうな顔だった。『廃屋令嬢』と呼ばれていた雛が、想像していたより強い姿を見せたことで当てが外れたのだろう。

「どうでもいいわ、そんなこと。それより、どうせぼろきれのようなドレスで出てくると思ったのに。あの男も使えないわね」

さっと雛の背に緊張が走る。

ぼろきれのようなドレス——碧子は、ドレスの生地が手に入らないことを知っていた？

ということは……。

「碧子さん、あの男とは久尚叔父さまのことですか？　叔父さまとなにかお話しになったのですか？」

雛が尋ねる。

鷹も、ぎしりと音がしそうな眼差《まなざ》しで碧子を見据えた。

そうして、鷹がなにかを言いかけたとき、碧子は大げさな仕草で肩をすくめた。

「さあ。私はなーんにも知らないわ。また銀行を取られたらたまらないもの！」

そして、くいっとワイングラスの中身を飲み干し、碧子は片手でドレスの裾を軽く持ち上げ、典雅な貴婦人のような礼をする。

「さ、私は帰りましょ。それじゃ、お二人とも、せいぜいお幸せに！」

こうして、多少の波乱はあったものの、雛のお披露目パーティは大盛況のうちに幕を閉じようとしていた。これで雛は、土岐宮伯爵夫人、小邑女侯として社交界に正式に認められることになったのだ。

鷹が招待客たちと別れの挨拶を交わしはじめる。

そんな鷹の横でにこやかに頭を下げていた雛だが、ふと、視界の隅に見たことのある姿を見つけた気がして、体を強張《こわば》らせる。

叔父さま……！

雛の目には、その影は小邑久尚に見えた。先ほど、碧子が久尚らしい人物のことを話題に出していたのも、雛がそう思うのに拍車をかけた。

鷹に相談したいが、鷹はどうやら、重要な客に会っているようだ。見たこともない笑顔で、大柄な白髪の男と話をしている。雛が割り込める雰囲気ではなかった。

だけど……。

雛は考える。

もしあれが本当に叔父なら、自分たちの妨害ばかりしてきたあの人なら、このパーティにもなにか仕掛けにきたのではないか？

鷹の面目を台無しにするようななにかを。

雛の目線が圭を探す。

上杉さん、上杉さんはどこ？　旦那さまを大切に思っている上杉さんならきっと、わたしに協力してくれるわ。

けれど、圭も今日はパーティの差配で忙しいようで、雛の目が届く範囲にはいない。

どうすればいいの？　そう、雛の血液が急《せ》かされたように脈打つ。

そのとき、人波が途切れた。薄紫のふわふわとしたドレスを身につけた、妖精のような少女が雛の目の前に立つ。

「春華さん」

「おめでとう、雛さん」

そこにいたのは春華だった。異母兄である鷹に本気で恋をし、雛を略奪者として憎んでいる美しい女性。

初対面の日の朝、春華に言葉の限りに罵られ、原石のような鋭い憎悪をぶつけられた記憶が雛に蘇る。

思わず雛が身構える。華奢《きゃしゃ》なてのひらが、きゅっと握られた。

けれど、春華は拗《す》ねたように軽く口を尖《とが》らせただけだった。

「……悔しいけど、今日のあなたは綺麗《きれい》ね、義姉《ねえ》さん」

……今、義姉さんと呼んでくれた？

雛は驚きに大きく目を見開いたあと、ついくすぐったい気持ちになって微笑を浮かべた。

もしかしたら、今日をきっかけに歩みよれるのかもしれない。家督争いや旦那さまを奪った相手として、きっとわたしにまだしこりは感じているだろうけど……。だからこそ、少しでも打ち解けたい。そのための努力を重ねたい。

そんな雛の願いが通じたのか、なんと春華からさらなる提案がされた。

「あのね、雛さん、あたし、もっと雛さんと仲良くなりたいわ。向こうで飲み物でもいかが？　あのときのお詫《わ》びもしたいし……」

「喜んで。ぜひ」

ただ——。

雛の視線が戸惑う。

雛はもちろん春華の申し出を受けたい。だが、それとは別に、久尚のように見える人物が本人かを確かめたい。

やはり結局、「どうしよう」というところに行きついてしまうのだ。

「なんだか困っているみたいね。もしかして雛さん、あたしなんかと話をするのは嫌？　そうよね。あたし、あなたにひどいことを言ってしまったもの……」

春華が、ふっさりとした睫毛《まつげ》を悲しげに伏せた。

それが今にも泣きだしそうに見えて、雛は「いいえ」と慌てて言い募る。

「ただちょっと……お客さまに気になる方がいらして……旦那さまにお話しした方がいいかと迷っているんです。でも、旦那さまはお忙しそうで」

それを聞いた春華が「まあ、そんなこと」と手を叩《たた》いた。

そして、今にも溶けだしそうな柔らかな黒の双眸《そうぼう》で雛を見つめる。それは本当に優しく、あの日とはまるで別人のようだった。

「安心なさって。あたし、実はお異母兄《にい》さまに言われて来たの。あちらのお部屋で待っていればそのうちにお異母兄さまが来るから、その人のこともそのときに話せばいいわ」

そして、春華が雛の手を取るようにして移動を促す。

「さ、早く行きましょう」

「あ、でも、急にお席を外して大丈夫かしら」

「主人のお異母兄さまの言いつけよ。なんにも問題なんかないわ。お異母兄さまがおつきになるまでは、あたしが雛さんの話し相手をするから退屈もしなくてよ」

春華の指が逃れられないほど強く雛の手首に巻きつき、華奢な体からは思いもつかない力で雛の体を引っ張る。雛はそれに戸惑いながらも素直に従い、土岐宮家の広い屋敷《やしき》の中を移動していった。

「ここよ、雛さん、お入りになって」

春華が指さしたのは、ずいぶん小さな扉だった。こんな部屋は初めて見る、といぶかしげにする雛に、春華は「あたしもお異母兄さまもこの家で育ったんだもの。雛さんよりは詳しいわ」と微笑《ほほえ》む。

親切そのものの春華のその笑みに、雛はうなずき、部屋の扉へと手をかけた。ギッときしむ響きとともに開く扉——その瞬間、雛は背後から強く突き飛ばされた！　同時にガチャンと重い音を立てて扉が閉まる！

「春華さん?!」

慌てて雛が振り向いても、もうそこには立ちふさがる扉があるだけだった。

そして、扉の向こうからは勝ち誇った春華の笑い声が聞こえる。

「アーッハハハハ！　馬っ鹿じゃないの！　あたしが、おまえを、『義姉さん』？　死んでもそんなこと言うもんですか！」

「え、嘘《うそ》、春華さん、嘘ですよね。だって仲良くなりたいって……！」

「黙れ。おまえにそんなことを言われると反吐《へど》が出るわ。あんなの嘘に決まってるでしょ。それが、騙《だま》されてのこのこついてきて、これだから貧乏人は嫌。ちょっと優しくしてやるだけで尻尾を振る。まるで汚い野良犬ね」

「なぜ、どうしてこんなことを」

「決まってるじゃない。お異母兄さまを取り戻すためよ」

「取り戻すとか、そんな、旦那さまは誰の物でもありません。旦那さまは、旦那さまだけの物です。そうじゃありませんか、春華さん」

扉の向こうの春華に尋ねながら、雛は必死に扉を開けようとする。それでも駄目なら……とほっそりした手で扉を叩く。けれど、それはびくともしない。外側から鍵でもかけられたようだ。

がくがくと雛の体が震えだす。

暗くて狭い小部屋——ここは、怖い。

雛は床に膝をついた。

駄目だとわかっているのに、父と母がいなくなった日と同じだと思ってしまう。あの日もこんな風に狭い場所に閉じ込められた。悲鳴と轟音《ごうおん》のあと、しんとしたそこで、父と母はすこしずつ冷たくなっていった。助けてと何度も叫んだ。でも誰も来なくて、頼りになる父に手を伸ばしても、その先は——。

「あら、静かになったわね。やっと身の程を知ったのかしら」

そんな雛の様子を知る由もなく、ドアにもたれながら鼻歌を歌っていた春華がにんまりと笑う。そして、爪紅《つまべに》で淡く彩られた指を空中で楽器でも弾くように動かす。その動きはぞくりとするほど優雅で、彼女のしていることが悪意に満ちているとわかっていてもなお、息を呑《の》むくらいに美しかった。

「なら、さっさとこの家から出ていきなさい。そしてお異母兄さまを解放してさしあげて。お異母兄さまはあたしの隣にいるのがいちばんふさわしいのよ」

歌うように春華が言葉を綴《つづ》る。

「お異母兄さまはあたしの物。おまえなんかの物じゃないの」

けれど、扉の向こうからは否定も肯定も聞こえてはこない。それどころか、かすかな物音さえ途絶えてしまった。

春華が苛立《いらだ》たしげに眉をひそめる。

「聞いてるの？」

それでも小部屋は静まり返ったままだ。

春華のゆるく握った拳が、形だけはあくまで令嬢らしく、小部屋の扉を叩く。

「ほら、早く返事をなさいな。返事をしたら出してあげるから。あたしだっていつまでも優しくはなくってよ。意地を張ってもいい事なんてないわ。ねえ、あたしからお異母兄さまを盗《と》るならおまえなんか殺してあげたっていいのよ？」

無音の空間に、馬鹿にされたと感じた春華がくっと唇を嚙《か》む。

「できないとでもお思い？　あたしは土岐宮春華よ！」

そのとき、なかなか人の来ないはずの春華のいる廊下へ、かつかつと硬い革靴の音が響いた。

「こんなところに、誰……っ?!　お、お異母兄さま！」

春華の声が驚きに跳ねる。この美しい顔を見られるのは嬉《うれ》しい。けれど、今はまずい――。

「どうしたの、お異母兄さま。もしかしてあたしを捜しに来てくれたの？」

「馬鹿を言うな。おまえなど……雛を見なかったか……いや、おまえがまともに答えるはずがないな、もういい」

鷹に吐き捨てられて、春華が唇を尖らせる。

春華は悔しかった。あの女――雛――が来るまでは、少なくとも鷹は関わる人間全員に平等に無関心だった。

それがどうして？

どうして、あんなつまらない娘を妻にしたの？

でも今は、この小部屋に雛がいることを鷹にだけは知られるわけにはいかない。春華はいつも通り、驕慢《きょうまん》さに多少の媚《こ》びをまぶした、鷹向けの表情を作ってみせる。

「お異母兄さまの意地悪。あたしはお異母兄さまにはいつも真剣よ」

「それが迷惑だと言っている。主役がいなくては挨拶が——」

「雛さんがいないの？　こんな大切なときに勝手にいなくなるなんて」

「——だが、雛は理由もなく勝手をする女ではない」

その言葉に春華が拳を握りしめる。

なぜ？　なぜお異母兄さまはあの女の肩を持ったりするの？

言葉にできない悔しさに、春華は、作りこんだはずの自分の笑顔までが引きつっていくのがわかった。

「あたしが代わりに一緒にご挨拶しましょうか？」

「断る。おまえでは雛の代わりは務まらない。あの立ち振る舞いは、さすが由緒ある小邑家の出だ」

会話を断ち切るような勢いでそう言われ、春華は一瞬、本当に悲しそうな顔をした。

「そう……。お異母兄さまがそう言うのなら仕方がないわ。上杉も雛さんを捜してるんでしょう？　きっとすぐに見つかるわよ」

「だといいがな」

そう言って、鷹がその場から離れようとする。

春華が、鷹には気づかれないようにほっと息を吐いた。

そのまま歩を進めかけた鷹が、不意に春華の方へ振り向く。

「……そういえば、春華、おまえはなぜこんなところにいる？」

鷹のその目は、敵を見る目だった。険しく鋭い、名前の通りの猛禽《もうきん》の目。

「なぜって……別に、理由なんかないわ」

「派手な催しの好きなおまえがパーティ中に屋敷の隅に？　取り巻きも連れず？」

「そういう気分の時もあるのよ……っ」

「どんな気分なのか力づくでも言わせるか。……雛はどこだ」

「知らない。あたし、あいつは大嫌いだもの！」

「嫌いだからこそ付け狙う。おまえはそんな女だろう。もう一度聞く。雛はどこだ」

「……っ」

そのとき。

がたん、と小部屋から大きな音がした。

春華が「あっ」と、思わず口元を押さえる。

すべてを悟った鷹は、無言で扉に手をかけ、それでは開かないことに気づくと、思い切り力を込めて扉を蹴った。

「やめて、お異母兄さま！」

「黙れ」

すがる春華を一顧だにせず、鷹は扉を蹴り続ける。

春華の掛けた鍵も、それを支えていた頑丈な蝶番《ちょうつがい》もその衝撃にはかなわず、とうとう小部屋の扉が開いた。

「雛！」

鷹がその視線の先に、床にぐったりと横たわる雛を見つける。

雛の頬は泣き濡《ぬ》れ、開かない扉を叩《たた》いて割れた爪は血を纏《まと》わせていた。土岐宮家に嫁いでから、荒れた指先が白魚のようにすべらかに変わってきた分、その傷がかえって痛々しい。

それでも、鷹が扉を蹴り開けた大きな音で気が付いたのだろう。涙が膜を作りけぶる雛の瞳が、誰かを探すように空中をさまよう。

「旦那……さま……？」

かすれ、怯《おび》え切った声。

思わず鷹は、その横に膝をつき、「そうだ、私だ」と雛の手を握っていた。

自分でもなぜそんなことをしたかわからない。他人など、すべて自分の駒だと思っていた。首飾り一つで妻にしたこの少女はなおさらだ。ただ小邑という名前だけが手に入ればいいと、それが——。

雛のまとう沈丁花《じんちょうげ》の香り。

握りしめた細い指先。

床に散るつややかな黒髪。

ああ、今、自分は母を思い出しているのだ、と、まるで別人のように冷静な鷹の中の一部分が告げる。

あの人も、いつも沈丁花のいい香りがした。指先は雛と同じく砂糖菓子のように細く、黒髪は肩から初夏の滝のように滑り落ちていた。

そして——大きな瞳を雛のように悲しみに染め、泣いていた。

母さん。

母がいなくなって以来、封じていた記憶が蘇《よみがえ》る。その記憶の中で鷹は母に呼びかける。

母を助けたかった。

父が芸者の女と半ば同居するようになり、屋敷《やしき》の隅の離れに追いやられた母。

それでも優しく、父のことを信じていた母。

『大丈夫よ、鷹さん。きっといつか父さまもわかってくださるわ。それまで母さまがしっかりしなくちゃ』

——笑う母を守れるのは自分だけだと、あのときは確かに思っていた——。

◇◇◇

「おじいさま、お父さまをお叱りになってくださいませんか？　お父さまのなさっていることは、あまりにも行き過ぎた不貞だと思うのです」

必死で大人びた言葉を使って、幼い鷹は土岐宮家当主である祖父に伝える。本当は「不貞」なんて言葉の正しい意味は知らなかった。ただ、周囲の人間が父のことをそう呼ぶのを耳にしただけで……。

ようやく鷹と会うことに応じた祖父は、いかめしい顔をさらにしかめてそれを聞く。

「お部屋も盗られて、お母さまは泣いてばかりです。でも、お母さまはなにも悪いことはなさっていません。お父さまを待つとおっしゃっています」

「……それを儂《わし》に聞かせて、おまえはどうしようと言うのじゃ？」

不機嫌そうに祖父に問い返され、鷹は思わず言葉を失った。

父も母も、「悪いことはしてはいけない」と鷹に言い聞かせてきた。鷹もその言いつけを忠実に守っている。なのに、その父が「母以外の女性と暮らす」という悪いことをしたのだから、誰かに叱ってもらいたい。でも、子どもの自分にはできないから、父の父である祖父に……ただそれだけのことだと思ったのに、祖父は汚い物でも見つけたような視線で鷹を見ている。

「おじいさまがおっしゃられれば、お父さまもお話を聞いてくれるかと……」

「なぜ、そのようなことを儂がせねばならぬ」

今度こそ鷹は唖然《あぜん》とする。

「わ、悪いことをしたのなら、叱られるのは当たり前です」

それでも、なんとかそう言い返してみせた。

まだ鷹たちの元に帰って来ていたころの父が、いつもそう言っていたのだ。悪いことをすれば、叱られるのは当たり前。おまえは土岐宮家にふさわしい人間になれ、と。

けれど、祖父は不愉快そうに鼻を鳴らしただけだった。

「大事な話があると血相を変えていると言うから時間を取ってみれば……下らない。誰だ、こやつを通したのは」

祖父の声に、周りに控えていた人間が慌てて頭を下げる。

「申し訳ありません！　伯爵のご子息ですので、御前もご興味がおありかと」

「興味などない。まだ土岐宮に貢献することもない餓鬼じゃ。だいたい、こやつの父が放《ほう》蕩《とう》しようが身を持ち崩そうが儂の知ったことではない。もし、土岐宮にそぐわない馬鹿だとわかれば放逐する、それだけよ」

「はっ。御前の仰せの通りでございます！」

鷹は、その光景を呆然《ぼうぜん》とした目で見ていた。

父を叱ってくれると思っていた祖父は自分を「餓鬼」と呼び、周囲の人間もその祖父に平伏する。

どうして？　こんなの、教えてもらってきたことと全然違うよ。お父さまは悪いことをしていて、お母さまは泣いているのに、おじいさまは平気なの？

「話はそれだけか。餓鬼を叩き出せ」

「待ってください、おじいさま！　僕の話を聞いてください！」

鷹が、部屋を出ていこうとする祖父の足に縋《すが》りつく。

それにちらりと目をやると、祖父は心底うっとうしそうに鷹を蹴り飛ばした。

どす、と音を立てて、鷹の体が壁に跳ね返る。

痛い！

それでも、この機会を逃せば次はないであろうことに、鷹はもう気づいていた。

ぎしぎしと軋《きし》む体で床を這《は》いずり、鷹は再び、祖父の足首を両手で握りしめた。

「お願いです……おじいさま……一言でいいので、お父さまに……」

「くどい」

祖父の足先が、鷹の手首の上に乗る。

「しつこい餓鬼め。おまえの母の程度が知れるわ。愚かな餓鬼には愚かな母がお似合いじゃな。どうせそんな母だから、あれも女を作ったんだろう」

！

それだけは、許せないと思った。

あの人は、自分に大切なことをたくさん教えてくれた、かけがえのない母だ。

「……生意気な目じゃ」

祖父の眼差しが尖《とが》る。

「気にいらぬ」

その言葉とともに、祖父の足が、鷹のまだ細い手首を圧《お》し潰す。

鷹は、自分の骨が砕ける音を、聞いた。

「うわああああっ」

悲鳴を上げる鷹にはかまわずに、祖父が踵《きびす》を返す。

「その餓鬼は放っておけ。見せしめじゃ」

そう言い捨てて去っていこうとした祖父が振り向く。そして、にやりと嫌な笑みを浮かべた。

「悔しいか？　悔しければ当主候補として儂のところまで来られるようになれ。おまえの父がいるうちは無理だろうがな」

そこで、鷹の記憶は途切れている。

放っておけと言われても、最低限の情はあったのだろう、周囲の誰かに簡単に手当てをされ、鷹は母の元に帰された。

母はいつも以上に泣き――けれど、鷹の心は不思議と乾いていた。

今までの鷹とはまるで違う、純度の高い憎しみだけが胸の内にある。

そうか、当主候補になればいいのか。そうすればあそこまでいけるのか。

そして、その先には。

父がいる？　あんなもの——父であるものか。

鷹は、痛みの中で笑っていた。

誰も、母を助けてはくれない。自分のことも、助けてはくれない。

それどころか、皆自分たちを罵り、痛めつけ、なにもかもを奪い取ろうとする。

この家は敵だ。いや、自分以外はすべて敵だ。帰らない父も、名前しか知らない弟妹《きょうだい》も。……土岐宮家も。

絶対に許さない。

それまで、土岐宮伯爵家の嫡男として優しい表情ばかりを浮かべていた鷹の顔が、きつく強張《こわば》る。目が鋭い光を帯びる。

ならば、この家を壊せるくらいのし上がってやろう。自分にできるすべての手段をもって。

雛の手を握ったままだった鷹の中に忌まわしい過去が蘇った。それと同時に、かっと頭に血が上る。

◇◇◇

泣く雛は、あのときの母を思い出させた。

どん、と大きな音が狭い部屋に響いた。同時に、春華の悲鳴のような声。

「痛っ！……お異母兄さま?!」

鷹の手によって壁際に押さえつけられた春華が、いやいやと身をよじる。それに構わず、鷹は低い声で春華に告げた。

「……二度と、こんなことをするな」

その言葉は、殴られ、蹴られるよりも春華の胸を打つ。

お異母兄さまが——お異母兄さまが、他人のためにあたしを？

わっと泣き声をあげ、春華が駆けだす。

これまで、どれだけうっとうしそうにあしらわれても、味方のいないこの家では自分が彼にいちばん近い存在だと自負していたのに。憎い雛を排除することも失敗した上に、あの誇り高い異母兄《あに》によって自ら手を下されるなんて！

鷹はその春華を追いかけることもせず、無言で雛の体を助け起こす。

起き上がり、床に座り込んだ雛は、それでもまだ体を震わせていた。

鷹はその横に黙って腰を下ろし、静かに寄り添った。

少しずつ雛の体の震えが小さくなっていく。

雛が、ほうっと長い息を吐いた。そして、絞り出すように声を出す。

「……申し訳ありません。両親がいなくなった時のことを思い出して取り乱して……旦那さまにお手数をおかけしました……」

鷹は応えない。

雛もそれ以上なにも言えず、ただ黙って濡《ぬ》れた目元を拭っていた。

「──昔」

「え？」

ぽつりとこぼれた音に、思わず雛が聞き返す。

「昔、一人の少年がいた」

それにはかまわず、鷹はまるで独り言のように話を続けた。

「少年は……母と二人だった。父は外に女を作り……家に帰らなくなった。そのうえ、少年には、母親の違う弟妹まで生まれた。当たり前だが、少年の母は悲しみ、それでも夫を信じようとして痩せ細っていった。美しい人だったのに泣き顔ばかりを見せるようにもなった。少年はどうしてもそんな母の涙を止めたかった。止めようと自分にできる限りのことをした。けれど……結局はなにもできなかった。ただの少年は、事態をなんとかするには無力過ぎた。少年は、父の行いを糺《ただ》すこともできず、ついには守るべき母すら失い、後悔がその身を焼いた。──だが」

鷹の声に確かな力が加わる。

夜のしじまに似た色の双眸《そうぼう》が、雛の方を向いた。

「少年は大人になり、奪われた物を取り戻そうとしている。誰にでも傷はある。傷がうまく癒えないこともある。しかし、それは恥ずべきことでも謝罪することでもない。大事なのはそのあとにどうするかだ。ただ過去を嘆くか、負けずに立ち上がるか、それだけが、人間の価値を決める」

二人の視線がぶつかる。凪《な》いだ湖のような静けさをたたえた鷹の瞳。そこには、本人にすら自覚できていない深い悲しみと痛みがあふれているようだった。

……少年とは、旦那さまのことですか？　とは雛は聞けなかった。けれど、そうだろうという直感がした。

叶《かな》うなら、抱きしめてあげたい。母を守ろうとしていた幼い彼のことを。そして、あなたは無力ではないと励ましてあげたい。

「優しく勇敢な少年に祝福を。きっと、少年のお母さまも、少年を誇りに思っておられます。無力などではありませんわ。少年が小さな手足で立ち向かおうとする姿を見たとき、お母さまの心はどれだけ慰められたでしょう――」

雛の細い指先が、なにかに祈るように組み合わされる。

青い目が、水面のようにゆらゆらと揺れた。

「あ、その少年のことを考えたら、涙が……」

また、目元に指先をあてる雛を、黙って鷹は見つめている。けれど、その瞳の中には、先ほどまでの悲哀は見られなかった。目を伏せ、息をつく鷹は、整理しきれない感情を吐息に混ぜて吐き出しているようだった。

「きみは、奴のために泣いてくれるのか」

そして、ようやく綴《つづ》られた一言。

雛は、そんな鷹を見て、なにか言いたげにしたあと、口を閉じる。

どんな言葉も、今の鷹の前では力をなくす気がした。

「はい。旦那さま」

だから雛は、うなずきながら、ただ鷹を呼ぶ。

わたしはここにおります。いつでも、おそばに――。そんな気持ちを込めて。

「鷹でいい」

雛の呼びかけに、鷹がぶっきらぼうに返す。

その思いがけない提案に、雛は慣れない口調で鷹の名前を口にした。

「あ、では、鷹……さま」

「それでいい。ところで、パーティの閉会の挨拶はできそうか？　このパーティの主役はきみだ。瑕瑾《かきん》なく終えられるかどうかはきみの今後にも影響する」

いつもの冷徹な顔に戻った鷹に、雛は「ええ」と力強くうなずく。

「爪の傷は手袋で隠せますから……」

「わかった。主に新しい手袋を用意させよう」

神々しい美しさも相まって、どこか感情が薄く感じる鷹の声を聞いても、雛の心をこれまでのように突き放された寂しさがかすめることはなかった。

大丈夫。わたしはまっすぐに立ち上がるの。それが、鷹さまのくれたわたしの役目でしょう？

「そういえば、鷹さま、パーティの会場で叔父さまを見かけた気がするのです。そのことをお伝えしたかったのですが、遅れて申し訳ありません」

あの人は、きっと鷹さまに迷惑をかけますから……と雛がうつむく。

「小邑久尚が？　あり得ないな。今回のパーティはけして失敗しないように厳重に警戒をさせた……いや」

鷹が顎に指先を当てた。

「碧子もいたし、春華も……わかった。もう一度見回りをさせよう」

「ありがとうございます」

そんなことを話しながら、二人は大広間に戻る。

影のように控えていた圭が、雛に新しい手袋を渡した。

まっさらのそれを身につけ、雛は閉会の挨拶をする鷹の横に立つ。

今日から「旦那さま」でなく「鷹さま」になった夫。他人からすればそれは些細《ささい》な変化だろう。でも、雛にとってはそうではなかった。

初めての出会いからずっと、名前を呼ぶことさえはばかられた鷹。自分から切り離して考えることで悲しまないようにしていた関係。

それが、一歩進んだ気がした。

とはいっても、雛は、これが自分の勝手な認識なのも知っている。そのことで鷹になにか要求しようとは思わない。

ただ——雛は、嬉《うれ》しかったのだ。

それ以上は、うまく言葉では語れない。この胸の湧き立つような感覚がなんなのかも。

でも、いつかわかるかしら。

雛は自らに問いかける。

鷹のことが少しわかった気がするように、自分にすらよくわからないこの想《おも》いにも、ぴったりとした名前がつく——そんな日がくるのかと。

……今はまだ、待ちましょう。時には、時機を待つことの方が大事なこともあるわ。真夏の焚火が季節にそぐわないように……。

そう自分に言い聞かせて、雛は鷹の顔をちらりと見上げる。

まばゆいシャンデリアの光をうつしたその横顔は、今まで見た鷹の顔の中でいちばん印象深く……そして、なぜか、雛の心を切なくさせた。

そんな雛の姿を、祐樹は遠くから見ていた。

雛をからかってやろうとパーティに出席したが、逆に、蝶《ちょう》のようにパーティ会場を動き回る雛に目を奪われ、なにも言えなくなってしまったのだ。

おかしい。僕がこんな。

薄い胸板をかりかりと神経質に掻《か》きながら、祐樹は雛を目で追い続ける。

その感情の名前を、祐樹もまだ知らない。

◇◇◇

それから数日後。

鷹の経営する土岐宮商会は空前の好景気に沸いていた。

理由はもちろん、雛の考案した和ドレスだ。

青い目の『廃屋令嬢』の堂々とした美しさに目を惹《ひ》かれた者、土岐宮伯爵家の妻が身につけているのならば自分も手に入れておこうと思う者、そして、社交界で名高い北条姉妹の振りまいた評判に夢中になった者——比率でいえば、三者目が最も多いだろう。

今も、商会には和ドレスを注文しようとしている某華族の令嬢がいる。

令嬢は、向かい合う土岐宮商会の店員に欲しい反物の色を告げていた。

「ねえ、わたくし、北条さまと同じ色がいいわ」

「それでは紫の友禅ですね。せっかくですから、差し色だけ北条さまのドレスとお変えになっては？」

「そうしましょう。でも色はどれだけあるの？」

「ご覧ください。一日かけても見きれないほどご用意してあります」

「あら、本当。これが全部使えるの？」

「もちろんですとも。いかようにもご用命くださいまし」

「よかったわ。皆さまがこぞって注文に行かれたと聞いていたから、もういいお色は残っていないのかと思ったけれど……すごいわね。反物の花園にいるようだわ」

嬉しそうな顔をして令嬢があたりを見回す。

「どうせこれからでは端切れくらいしか残っていないと悔しがっていたお友達にも、そんなことないわとお伝えしてあげなくちゃ」

「ぜひともお願いいたします」

商会の店員が、得意そうな令嬢に深く頭を下げる。

その様子を目立たない場所から観察していた鷹が、美しい横顔に、ふと物思いの色を載せた。

あのパーティの日。雛のドレスが北条茉莉に気にいられたと知った鷹の行動は早かった。

パーティ中にもかかわらず、歓談の合間を縫い、商会が仕入れる反物の量を増やすよう手配し、駄目押しのように新たな業者にも声をかけていた。

パーティの終盤に鷹が熱心に話し込んでいた白髪の男は、反物の卸業者だったのだ。

おかげで、商会にとってこの特需は急なことでありながら、ドレス用の反物を品薄にすることもなく、評判を聞きつけて商会を訪れた者を落胆させることもなく、それどころか以前よりも種類を増やした反物の前で客たちは感嘆のため息をつくこととなった。

こんなとき、欲しい物が思い通りに手に入らなければ、客はその期待値の分だけ商会に対して悪い評価を下しただろう。けれど鷹は、みごとに商機を自分の物にしてみせたのだ。

だが、今の彼の考えを占めるのは、己の成功ではない。

鷹が横に立つ華奢《きゃしゃ》な影に話しかける。

「見ろ、これがきみの成果だ」

そこにいたのは雛だった。

背の高い鷹からは、白く儚《はかな》げな彼女のうなじが見える。鷹は不思議な感慨を覚えていた。

異母弟妹や親族たちには、商会に足を踏み入れるのを許したことはない。ここは自分だけの聖域で、絶対的な城だ。

けれど雛には、その成功を見せたいと――。

まるきり子どもじみた考えだと、心のどこかが警鐘を鳴らしている。おまえはそんな考えを排除することで成り上がってきたのではないのかと。

鷹はゆるりと首を振る。

紅茶色の髪が揺れ、憂える神のような眼差《まなざ》しが、そっと伏せられた。

いや、今でも自分は変わらないつもりだ。甘さも、隙も持ったつもりはない。

でも、そうでなければ——なぜこんなにも雛を労《ねぎら》いたい？

わからない。

頭の中が激しい嵐に攪拌《かくはん》される。いつもはまっすぐに正解を導き出す頭脳も、どこかで回り道をしているようだ。

なのに、商会の中に立って、はにかむように笑う雛を見ると、胸が締め付けられる。それは、今まで体験したことのない感覚だ。

雛が喜んでいると……嬉しいのか？

ふとよぎる思いを、鷹は慌てて否定する。

それではまるで、雛が他人とは異なる存在のようではないか。

違う。これはただの気まぐれだ。

見事な仕事をした部下を褒めるときと同じ、仕事の一環に過ぎない。

仕事？　妻である少女を評価したいと思うのが仕事なのか？

そこまで考えた鷹は、強引に思考を打ち切る。

これ以上考えれば、自分には都合の悪い結論に行きつきそうだったからだ。

逆に、自分を商会に連れてきた鷹の意図がやっとわかった雛は、ぱあっと表情を明るくする。

青い瞳も嬉しさを込めて、空のようにちかちかとまたたいた。

「北条茉莉を取り込んだきみの機転は見事だった。これで、碧子にも一歩先んずることができたしな」

「そんな、鷹さまのお手配が的確だっただけです。これだけの反物をあの短い期間で揃《そろ》えるなんて……なまなかなお方にはできません」

「世辞はいい。ただきみには、きみがしたことの結果を見せようと思っただけだ」

そう言う鷹の玲瓏《れいろう》とした美貌は普段と同じく近寄りがたく、けれど、今日はそこにもわずかに人間らしさが垣間《かいま》見《み》えるように雛には思える。優美な鼻梁《びりょう》と、形よく整った顎にかけての曲線。そんな、鷹の高価な彫像のような姿にいつも目を奪われていた雛にとって、それは初めての体験だった。

まぶしく鷹を見上げていた雛に、鷹はいつもと変わらず、王のように悠然と話す。

「きみになにか報酬を与えよう。欲しいものは？」

「とても嬉しいお申し出なのですが、わたしは、お母さまの首飾りさえ取り戻していただければ、それで充分です」

「ないのか？」

鷹がぴくりと眉根を寄せる。

やはり、いつもより表情に感情が加わっている気がした。少なくとも、雛はそう受け取った。

なら、こんなときなら……言えるかしら。

雛がなにかを決意するようにきゅっと唇を嚙《か》んだ。

本当にめずらしいことに、鷹はそんな雛が口を開くのを待っている。

そうね。今しかないわ……！

そして雛は、踊るように脈打つ心臓をなだめながら、いつか伝えられたらと思っていた言葉を唇に載せることに成功する。

「あの、では、わたしの焼いたバタークッキーを食べてくださいませんか」

「ん？」

鷹が聞き返すと、必死な顔をした雛が、頰を真っ赤に染めて繰り返す。

「わたしの焼いたバタークッキーを食べてくださいませんでしょうか……！　お好きだと、

伺いました！」

しばらくの沈黙のあと、鷹が半ば呆《あき》れたようにそれに答えた。

「きみにくだらない話をしたのはよし音さんだな？」

鷹のひんやりとした目に見つめられ、さらに雛の頰が赤くなる。

やっぱり駄目だったのだわ。お名前を呼ぶのを許されたからって、なれなれしくし過ぎないように気をつけなければ……。

雛がうつむく。下を向くと、血液が下がってもっと頰が熱くなる。こんなことなら、もうすこしましなことを言えばよかった。たとえば、商会で扱っている小物を欲しがるとか、無邪気で鷹が気に入りそうなことを。

そんなことまで雛が考えたそのとき。

「いいだろう」

あっけないくらい軽く、鷹が肯定して返す。

「え……？」

「なにをねだられるのかと思っていたが、そう言えばきみはそういう娘だったな。作るといい。食べよう」

「ありがとうございます」

一瞬目をぱちぱちと瞬《まばた》かせてから柔らかく微笑《ほほえ》み、雛がお辞儀をする。素直な感情が花開くようなそれは、彼女と出会って初めて目にする表情で、鷹は思わず口元をゆるませる。正直に、愉快だったのだ。

あ、鷹さまのお顔がすこし穏やかだわ。

その瞬間、雛の心にふわりと穏やかな風が吹き込む。その風を感じるほどに、商会の片隅で二人でただ立っているだけのこの時間が、雛には愛おしく思えた。

「雛?」

鷹のまっすぐな漆黒の視線と、雛の青い視線がからみあう。

今までならば、ほんの一瞥《いちべつ》しか与えられなかった眼差しが、まぎれもない温かみを持って自分の上に降り注ぐのを感じると、雛はくすぐったくてたまらなくなった。

それが、自分の仕事を評価してもらっただけのものだろうと思っても、胸が高鳴るのを抑えきれない。

「なんでもないんです。申し訳ありません、なんだか胸がいっぱいで——」

「病気か」

「いいえ、違います。大丈夫です。ただ、鷹さまとここに来られて良かったと……それだけなんです」

雛の言葉に、鷹が不思議そうに首をひねる。

そんな様さえどこかの国の王子のように見える鷹に、雛は思わず笑み崩れた。

鷹さまも、こんな顔をするのね。

それを見た鷹が、軽く肩をすくめた。けれど、そこに不快さはかけらもなかった。

「本当におかしな娘だな。そのうえ、宝石もいらない、それ以外もいらない。いったいなにになら欲しいのか」

まるで独り言のようにそうつぶやいたとき、雛にはわからなかったが、鷹はふっとかすかに笑みを浮かべていた。そして、「まあいい」と鷹が踵《きびす》を返す。

「屋敷《やしき》に帰るぞ」

それに、慌てて雛がついて行く。その雛の姿をちらりと確かめ、鷹は待たせていた馬車へと向かった。馬車に乗り込む前に、鷹がもう一度振り返る。すると、鷹のあとに子犬のように控えていた雛とぱちりと視線が合う。「え」と雛が目を見開いた。

「どうした？　乗れ」

「は、はい」

自分を手招いてくれた腕に困惑しながら、雛は馬車に乗り込んだ。

鷹が仕事に関係なく他人を気遣う仕草は初めてだったが、その大きな変化に、雛はまだ気づくことはなかった。

第二章　近づく距離

舞うような軽い足取りで雛《ひな》は土岐宮《ときみや》家の屋敷の廊下を歩いていく。その両手の間には、クッキーを載せた漆塗りの丸盆があった。

雛のお披露目パーティから数か月後。

初夏の爽やかな空気の中、雛は鷹《たか》の待つサンルームへと向かっている。

『わたしの焼いたクッキーを食べてほしい』

そんな雛のささやかな願いは、いつの間にか、鷹との週に一度のお茶会として習慣化していた。

相変わらず、ともに食卓を囲むことはないが、この日だけはふたりでひとつのテーブルに座るのだ。

「新作のクッキーですね」

雛の横で茶器の載った銀のワゴンを押していた圭《けい》が、そう声をかけた。

「ええ、いいお色でしょう？　上杉《うえすぎ》さんや皆さま方の分もありますから、よろしければ召し上がってください」

「いつも勿体《もったい》ないご配慮、ありがとうございます」

「上杉さんたちにはお世話になっていますもの」

「こちらこそ、雛さまには感謝してもしきれません」

「あら、わたし、なんにもしていないわ」

「鷹さまの目が変わりました。雛さまを見る時だけですが……昔の鷹さまを思い出します」

思いもかけないことを圭に言われ、雛は瞳をぱちぱちとしばたたかせた。

「あ、これは失礼を。私が言うべきことではありませんでした。鷹さまの過去はいつか鷹さまの口から語られるでしょう。ただ、昔はもっと穏やかな目をされていたのです」

雛さまは、土岐宮伯爵家に新しいなにかを運んできてくださいました。そう、優しく微笑む圭の姿に、雛の胸は締めつけられた。

本当に？　本当に、わたしは土岐宮家の——鷹さまのお役に立てている？

だとしたら、嬉《うれ》しい。とても単純な言葉での表現になるが、雛にはまだそれ以上がわからない。本当はもっと複雑な感情が揺れているのだけれど、それに名前をつけられるほど、雛は大人ではなかった。

「誰かと私的にお茶会をなさるなどというのも、以前の鷹さまからすれば考えられないことです」

「わたしがお願いしたから……わたしの焼いたクッキーを食べてください、と」

「願いを聞き入れてくださっただけで大ごとですよ。その上、それを毎週繰り返している。春華《はるか》さまも何度もいろいろ願い事をされているようですが、叶《かな》ったことはありません。だからこそあんなに依怙地《いこじ》に鷹さまに執着されているんです」

「まあ……」

雛の脳裏を春華の姿がよぎる。

墨を流したような黒髪と、それと同じ色に光る黒い瞳。その黒さを際立てる鮮やかに赤い唇と白い肌。雛は春華を、小さいころお伽噺《とぎばなし》で聞いた白雪姫のようだと思っていた。

その印象は、春華からひどい仕打ちを受けても変わらなかった。

雛は考える。春華を見た人間はきっと皆一様に心を打たれるだろう。その内部に、平気で他人を傷つける残虐性が眠っていても、それでもいいとする人がいても仕方がないくらいに。

そんな圧倒的な容姿を持つ春華が、あれほど露骨に、時には雛を閉じ込めたときのように悲痛に愛を乞うても、鷹はなにも叶えないと圭は言う。

鷹が願いを叶えたのは雛だけだと。

いいえ、でも勘違いしてはいけないわ。それはわたしの願い事が簡単なことだったから。偶然だけど土岐宮商会の発展に力をお貸しすることができたから。だから、だから、鷹さまは——。

雛は、あえて鷹のことから意識を切り離そうとした。

そして、こんなことを考えていたら、思いあがっているようで恥ずかしい。それでなくとも圭にはずいぶん買いかぶられている気がするのに、調子に乗ってはいけない、と自分を戒める。

鷹さまは契約を大事にする方。それだけよ。

「雛さま？　サンルームにつきましたよ」

雛が自問自答しているうちに、二人はサンルームの前に来ていたらしい。圭に呼びかけられ、雛は慌てて立ち止まる。

「あ、いけない。ごめんなさい、上杉さん。ちょっと考え事をしていたの」

「なにかありましたらお伺いしますが」

「大丈夫。たいしたことじゃありませんわ」

本当ですか？　気がかりがあればいつでもお話しくださいね、と雛に告げてから、圭はサンルームの扉をノックする。「入れ」と低い声が聞こえ、それに応えるようにワゴンを運び入れたあと、圭は雛と、もうテーブルについていた鷹に目礼をした。

「それでは、私は失礼いたします」

「ありがとう、上杉さん」

雛もそれに礼を返し、圭が扉を閉めて出ていくのを見送った。

「鷹さま、お給仕いたしますね」

それから、茶器やクッキーを雛がテーブルに並べていく。

かちゃ、かちゃ、とかすかな音。

鷹はそれに目もくれずに新聞を読み続けている。

大ぶりのティーポットから外されるレースで飾られたティーコジー。しばらくの間のあと、琥珀《こはく》色の液体がゆるやかに、純白のリチャード・ジノリのティーカップにそそがれる。紅茶の銘柄は、鷹の好きなニルギリだ。高山で採れた茶葉の澄んだ香りがサンルームに広がる。その横にクッキーを載せた皿を添え、できました、と雛が鷹に声をかけた。

「今日のバタークッキーは西洋のステンドグラス風にしてみました。パリパリして、舌触りが宜《よろ》しいかと思います。お口に合うといいのですが」

雛の言う通り、ほどよい焼き色のついたクッキーは真ん中がガラスのように透き通って輝いていた。本物のステンドグラスのように、赤、青、黄、と様々な色がまじりあっているのも楽しい。

ステンドグラスクッキーを作るのはそう難しくはない。クッキー生地の好きな場所をくり抜いて軽く焼いたあと、砕いた金平糖をくり抜いた場所に入れ、もう一度焼いて冷やす。すると、金平糖が溶けて固まり、その質感はガラスそっくりになるのだ。

金平糖ならばバターの味の邪魔もしない。プレーンなバタークッキーを好む鷹に、できるだけ味はそのままで、ほかの色や食感も味わってほしいと思って雛が考えたものだ。

鷹が無言でクッキーに手を伸ばす。そして、レンズを日に透かすようにクッキーを太陽にかざした。

自分の分の紅茶とクッキーも配膳し、鷹の向かい側に腰かけていた雛がその姿にはっとする。

興味を持って……くださっている？

それは、今までのお茶会では見たことのない鷹の行動だった。

鷹の表情は普段と変わらないが、眉をしかめたりしているわけでもない。少なくとも、不快ではないのだろうとそれを解釈し、雛もそれを真似《まね》てクッキーを日差しにかざしてみた。

きらきらと光が濾過《ろか》され、万華鏡のようにテーブルに落ちる。

綺麗《きれい》……。

行儀が悪いとは思いつつ、その光を見ながら雛が紅茶を口に運んでいたとき――ふっと、自分を見つめる鷹の視線に気が付いた。

注意されるかと雛はあわててクッキーを皿に戻したが、鷹の顔には相変わらず険はない。ただ、かたりと音を立ててティーカップをソーサーに戻しただけだ。

鷹の口元が不意に、ほんの少し、鷹を見慣れた雛でもわからないくらい、本当に少し、柔らかさを帯びる。

「きみはときどき子どものようだ」

「申し訳ありません……！」

案の定、鷹の表情の変化に気が付かなかった雛は急いで頭を下げた。

淑女らしくない振る舞いをしてしまったと目を伏せる雛に、鷹は今度ははっきりと首を横に振る。

「いや、謝ることではない。子どもといるのも、たまにならば悪くはない」

しゅん、と小さくなっていた雛が、鷹にそう言われ、ふわりと表情をほころばせた。

「鷹さまは、お優しいのですね」

「優しい？　きみくらいだ、私にそんなことを言うのは」

雛の返事を待たずに、鷹は再び新聞を手に取る。そして、もう話すことはない、そんな無言の意思表示をするように新聞をめくり始める。雛も鷹のそんな様子を察したのか、それ以上鷹に言葉をかけることはなかった。

静かなサンルームにやわらかい日の光だけが満ちる。

けれど、その静けさは、雛にとって苦痛なものではなかった。

ゆったりと過ぎていく時間は、不思議な甘やかさを雛に与える。クッキーの砂糖の甘さとも、紅茶に入れるミルクのまろやかさとも違う、安らぎのような充足感だ。

これは……なんなのかしら？

香り高いニルギリで唇を湿らせながら、雛は心の中で首をかしげた。

あのパーティの夜、はじめて触れた鷹の手は温かかった。語られた話は胸を打った。

そのせい、だろうか。

わからないわ……。

あれから、鷹の口数は少しだけ多くなった。目が合う回数も増えた気がする。そして

——雛は、こうしてお茶会をするのが待ち遠しくなっていった。

ずっと一人で心細かった。春なのにかじかむような指先、開く花を見ても動かない心。

不自由はないけれど自由もない環境の中で、ただ、小邑《こむら》の名を汚さぬようにとそれだけを

祈っていた。

それが、今では、初夏を迎えた庭の緑は美しく見え、気が付けば自分は夏を心待ちにしている。さしたる理由もなく、ただ季節の動きが愛おしいのだ。もう、指先も冷たくない。

楽しい――？　わたしは、もしかして、楽しいの？

お茶会だけでなく、ドレスを縫うのも、パーティに出るのも。……トーク帽を脱いで人前でこの目を見せるのも。

雛が胸元に手を当てる。

母の首飾りさえ取り戻せていないのに、明るい日差しの中で笑っている自分が、どこか罪深く思え、ふと、幸せに比して胸がきゅっと締めつけられた。

「二杯目を」

そのとき、不意に鷹に声をかけられ、雛の手がひくりと震える。

「はい。喜んで」

雛が鷹の空のカップにニルギリをついでいると、新聞から目を離し、鷹が口を開いた。

「顔色が悪いな。体調が悪ければ主に言え。医者を呼ばせる」

いつもと変わらないひんやりとした声。ただ、いつもと違うのは、視線が雛をまっすぐ見ていることだ。そして、見間違いでなければ、その底には一人の人間としての揺らぎがある。あのパーティの夜以来増えた気がする鷹のそんな眼差《まなざ》しを受け止め、雛はゆっくりと首を振る。

はじめは面映ゆかったそれにも、最近はだいぶ馴染《なじ》んできた。

笑みを浮かべ、雛は鷹に言葉を返す。

「大丈夫です。わたしは元気です」

そう、わたしは大丈夫。わたしは小邑女侯爵、土岐宮伯爵夫人。鷹さまに恥をかかせないためには、いつだって笑って背筋を伸ばしていなければ。

「そうか？」

「でも、ご心配ありがとうございます」

「感謝されるようなことではない。ドレスの件といい、きみのもたらした利益に比べればよほどささやかなことだ」

「それでも……ありがとうございます」

それは雛の本心だった。

契約で結ばれた者同士、もっと道具のように扱われることも覚悟していた。

なのに、自分がしたことをこうして評価されて、体調の心配までされるなんて。

感謝すべきことだと、雛は思う。

「……クッキー、お味はいかがですか」

今の鷹は機嫌がよさそうだと推測した雛が、おずおずと鷹に問いかける。

うまく返事のできない体調についての話をさらに続けたくない、話題を変えたいという気持ちもそこには込められていた。

「気に入った」

「まあ、よかった！」

こちらは心からの声が雛の口から洩《も》れる。

短く、愛想もない鷹の一言だったが、それは雛の心にしみわたっていく。

その気持ちを抱きしめるようにして雛がカップに手を伸ばす。

「そうだ、常盤《ときわ》夫人からこんな物が届いた」

すると、ばさりと鷹の胸ポケットから封筒が取り出され、テーブルへと放られる。

白地に金の英字と縁取り。同じ金色で地紙に一《いち》の常盤公爵家の家紋が箔押《はくお》しされている。

常盤公爵家ならば、直接会ったことはないが、雛も両親づてに聞いて知っている。華族の中でも最高位の公爵位を持つ、元名門公家《くげ》だ。維新で華族となってからもその威勢は変わることなく、財力の面でも爵位の面でも頭一つ抜けた位置にいた。

「招待状だ。連名の宛名で来たので、きみにも見せよう」

鷹の、男らしくも繊細さのある長い指が封筒からカードを取り出す。

「常盤さまから？　何事でしょう」

「常盤公爵家で開かれる舞踏会に私ときみを招くと」

「先日のパーティには、常盤さまはいらしておりませんでしたよね……？」

「招待状は出したがご丁寧な欠席の返事が届いた。格下の家に来るのを厭《いと》うたのだろう」

フン、と鷹が不愉快さをあからさまにして鼻を鳴らした。

「だが、きみのドレスが評判を取り、商会の売り上げも大幅に伸びた。さすがの常盤夫妻も、私たちに目を閉じているわけにもいかなくなったのだろう。体のいい値踏みだな」

でなければ、私たちへの挑戦状か、と、鷹が招待状を爪ではじく。

そして、鷹がカードを無造作に雛に向けた。

「もちろん出席するだろうな、雛？」

「あっ、はい！　喜んで！」

慌てて答えた雛に、満足そうに鷹がうなずく。

「いい返事だ。期待している」

重ねて鷹にそう言われ、雛はこくこくと必死で首を縦に振った。

「母から教えられてはおりますが、所作もダンスももう一度見直します。鷹さまにけして恥はかかせません」

鷹の口にした挑戦状という言葉が雛の頭をよぎった。両親から聞いていた常盤夫妻はそんな人ではないような気がするけれど、もしそうならば、完璧な妻となって鷹の隣に立ちたいと思ったのだ。

なのに。

「そういった心配はしていない。きみは自らの役目はおろそかにしない娘だ」

そうだろう？　と鷹に問われ、はい、と答える。同時に、雛は胸が温かくなる心地がした。

もしかして、わたしは信頼されている？――鷹さまに……この、月下の彫像のような華麗な孤高の人に。

はじめてだわ、こんな気分。楽しいのとも、嬉《うれ》しいのとも違う。これは、なに。

とくとくと心臓の音がうるさい。全身が跳ねあがるような感じがする。

なんとか落ち着こうと、雛はぬるくなったニルギリを飲み干す。カップをソーサーに下ろし、震える手をぎゅっと握りしめる。

そっとため息をつき、雛は鷹の方をちらりと見た。

鷹はどうやらクッキーの最後の一枚を口に運ぶところだった。鷹の中ではこの話はもう終わっているのだろう。雛に目をやる様子もない。

言葉にできない感情に翻弄されていることを、雛はなぜか鷹には知られたくなかった。

それからさらに一拍置いて、雛はなんとか平静を保った声を出す。

「ありがとうございます。ドレスなど身の回りの品もしっかり用意いたします。そちらはあとで商会の方にご相談させてください」

大丈夫。みんないつも通り。いつも通りのわたしよ。

まだ、どうしてか主張を続けている心臓をなだめながら、雛はつとめて普段のままでいようとした。

そしてそれはどうやら成功したらしい。鷹はそんな雛に対して鷹揚《おうよう》にうなずいた。

「ああ。土岐宮伯爵家の威容を常盤夫妻に見せつけるために、よく備えてくれ」

◇◇◇

「それでは雛さま、こんな柄の反物はいかがでしょうか」

屋敷《やしき》に来た商会の番頭が、雛の前にいくつかの反物を広げる。

常盤公爵夫妻の舞踏会に出席する際に着る新しい和ドレスをあつらえるために、土岐宮商会の番頭は雛が待つ屋敷を訪れていた。

この番頭は、五十がらみの気の優しそうな男だった。丁稚《でっち》として商会に勤め、その堅実な仕事ぶりで番頭に取り立てられている。圭ほどではないが鷹からのそれなりの信頼も得て、上流階級の客も多い土岐宮商会の表の顔として飛び回っていた。

「伝統的な柄と、それ以外に雛さまに似合いそうな柄を見つくろいました」

「わ、見事な御所車の柄……！」

「大切な舞踏会とお伺いしましたので、縁起のいい柄を……ただの縮緬《ちりめん》ではなく一越《ひとこし》縮緬の地をつかっておりますから、初夏の季節にも涼しげでうってつけではないでしょうか」

一越縮緬は普通の縮緬より薄手でしぼが小さく、高級感もある生地だ。そこに描かれた精密で古典的な御所車の柄は、その堅実な組み合わせで雛の目を引いた。

そんな反物を腕の間で広げて見ていると、「こちらも」と番頭から差し出された反物に雛の目線が移る。

「あら、この柄、とってもかわいらしい」

「ええ、こちら、わたくし一推しでございます。大ぶりのひまわり柄ですが、生地は上等のお召しのため、格の高さを損ないません。雛さまのような若いご婦人が、大胆で華やかな柄を纏《まと》うのはとてもモダンかと存じます」

雛の目を奪ったのは、ひまわり柄を配した黒のお召しだった。ぞろりと豪奢《ごうしゃ》なお召しに、素朴だが力強いひまわり柄が織り込まれている。生地の色が深い黒なのも、ひまわりの明るさを引き立てていた。

「素敵！　それに、ひまわりには夏らしさもありますものね」

「はい。柄で季節を出すのも反物の良さです。……失礼いたしました、雛さまにはこのようなこと、釈迦《しゃか》に説法でございました」

「まあ、そんな。わたしが商会の方にかなうわけがありません。それよりも、いろいろとお話しいただけて助かっております」

「雛さまは土岐宮伯爵夫人であるだけでなく小邑女侯でもあらせられるというのに、なんと謙虚な。さすが、ご主人がお気にかける方だけありますな」

番頭が何気なく言った一言。それに、雛は思わず目を落としていた反物から顔を上げてしまう。

「え？」

どういうこと？　今、番頭さんが言ったのはわたしの聞き間違い？　鷹さまがわたしを気にかけてくださっている――？

そんな雛の動揺を察することなく、番頭は明るく言葉を続ける。

「ご主人が、雛さまにはなんでも最上の物を見せろと。春華さまなど何度商会に来られても門前払いするよう仰せですのに、なんという差かと驚きました」

「そう、なんですの……？」

　この人も、上杉さんと同じことを言うのね。春華さんとわたしは違うと。……でも今回は、なんにもわたしからお願いをしていないわ。ということは、鷹さまが、ご自身のお気持ちで？

　雛は自分の耳たぶが熱を持っていくのがわかった。そんな雛が今できるのは、その熱が頬やひたいに散らないように、番頭に気づかれないようにと、それだけだ。

　幸い、番頭はにこやかに話を進めていく。

「いや、ここだけのお話、あのご主人が奥さまを娶《めと》ると聞いたときは心配いたしましたが、蓋を開ければ雛さまのようないいご縁。わたくしどもとしても諸手《もろて》を挙げて歓迎いたします。なにしろご主人の物腰が最近は柔らかく、わたくしどもの仕事もやりやすくなり……ああ、いや、雛さまには余計なことばかり申しました。これはご主人にはご内密に」

し、と番頭がおどけた仕草で人差し指を口の前に立てる。

「は、はい。わたし、誰にも言いません。ご安心なさって」

雛は、なんとかそう口にするだけで精いっぱいだった。

どうしよう。嬉しい。鷹さまがそんな……。

雛の心を無数の感情が駆け抜けていく。

そんな雛にはかまわず、番頭はなおも言葉を続けた。

「なるほど、先日ご主人と雛さまが連れ立って商会にいらしたときに、お二人の仲睦《なかむつ》まじさに驚いた店員がおりましたが、雛さまのようなお方ならば納得いたします。あのご主人も、こんな可憐《かれん》な奥さまがいればお優しくなって当たり前ですね。同じ美貌でも、雛さまは春華さまとは大違いです」

また、いい意味で春華と比較され、今度こそ抑えきれない熱さが雛の頬を染める。

心臓は大きく波打ち、震えそうになる指先を、雛はぎゅっと握りしめた。

「おや、雛さま、お顔が赤いようですが、ご体調でも？」

「いえ、大丈夫です。早めの暑気にあたったみたい」

番頭に尋ねられ、雛は慌てたように頬に手をやる。

こんな気持ち、番頭さんにお話しするわけにいかないわ。

その言い訳に納得した番頭は、気の毒そうな顔で雛を慮《おもんぱか》った。

「今年は暑くなりそうですからなあ。どうかお大事に。では、今日はもうお引き取りしましょうか？」

「ご心配ありがとうございます。でも、すこし血が上《のぼ》っただけです。せっかくいらしてくださったのですから、ドレスのことを決めてしまいましょう」

「雛さまがそうおっしゃるのならば……」

にこり、と雛に微笑《ほほえ》みかけられて、番頭は仕舞いかけた反物を元に戻す。

「お願いします。──では、ドレスの反物はお勧めいただいたひまわり柄のお召しにいたしますね。差し色は、うんと遊んで黄八丈なんかいかがかしら」

ひまわりの黄色をより鮮やかに見せるためなら、差し色も同色の黄色がいい。ならば思い切って、黄色の代名詞であるような黄八丈にその役目を果たさせるのもいいかと雛は思ったのだ。

「それでは無地の黄八丈にいたしましょうか」

「無地の？」

雛は思わず聞き返す。

黄八丈は黄色と黒や樺色《かばいろ》の糸を組み合わせて織る反物だ。無地の物もあり得なくはないが、黄色の糸だけで織ると地の色にむらが出やすいためほとんど作られることはない。つまり、無地の黄八丈はとても貴重な品なのだ。

雛もそれは知っている。だからこその疑問詞だった。

「わたくしどもをご信頼ください。どこまでも同じ色で織られた黄八丈をご用意します。……せっかくの舞踏会です。どうせならばすべて極上で仕立てて周りの目を剥《む》かせましょう。ご主人からも雛さまを最大限に輝かせろと、そう仰せつかっております」

自信に満ちた声音で番頭に言われ、雛は誘い込まれるようにうなずいていた。

「では、お願いいたします」

そして、帯を決め、アクセントのレースを決め——ひまわり模様を織り込んだレースがあるということで、そのレースを使うこととなった——舞踏会に向けたドレスの準備は着々と進んでいく。

そのことにほっとしながらも、雛の頭から、先ほど番頭から聞いた鷹の話が離れることはなかった。

鷹さま……もしかして、わたしは、鷹さまのお心になにかを残せているのですか……?

◇◇◇

そして、それからしばらく日々は平穏に過ぎ——常盤邸での舞踏会の日が来た。

夕方から始まるそれに出席するため、雛は鷹と馬車に揺られている。

鷹は特になにも話すことはないが、雛は鷹のそんな沈黙にも馴染《なじ》んできた。ただ、今日初めて訪れる常盤家で行われる舞踏会のことを考えると、緊張が抑えきれない。

ダンスの練習もまたしたわ。所作も。お母さまが生きていたころにもきちんと教えてくださったし、鷹さまに恥だと思わせることはないはず。でも、絶対ということはないから、慢心しないようにしないと。

雛は、頭の中でダンスのステップや他の華族との挨拶をなぞる。

お母さま、雛を見守っていてください。

そんなことまで雛が考えたとき、鷹が不意に口を開いた。

「雛、今日の舞踏会には春華たちや碧子《みどりこ》も来る」

「まあ、皆さんも？」

なんと返事をすればいいかわからず、雛は我ながら間の抜けた答えをしてしまう。碧子にはパーティで挑戦的な口をきかれ、春華には同じ時に本当にひどい目にあわされたが、それを憎しみの形に変えきれないのが雛なのだ。

鷹も、そんな雛に苦笑しながら言葉を続ける。やはり、雛は自分とは全く違う。そう思いながら。……苦笑などという、人間らしい表情を浮かべるのは久しぶりだということには自分でも気づかずに。

「そうだ。奴らが総出で集まる。まったく、常盤夫妻も律儀に土岐宮の分家すべてに招待状を寄越すこともないだろうに」

「招待状をお持ちなら、正式なお客さまですわね」

「ああ。その招待状を見せに、春華が自慢げにやって来てな。春華に招待状が来るのならば、私に来ないはずがなかろうに、馬鹿なのか。……そこで探りを入れてみれば、碧子と祐樹《ゆうき》にも同じものが届いていた。さすがに奴らも常盤家で大ごとを起こすとは考えづらいが、警戒は怠らないに越したことはない。きみも気をつけたまえ」

「かしこまりました。ほかになにかお心懸かりがあればおっしゃってください」

「そうだな、きみは常盤夫妻に会ったことはあるか？」

「いいえ。両親から常盤公爵家の話を聞いたことはありますが、実際にお目もじしたことはございません」

「そうか。常盤公爵家は土岐宮の本家とはうまく付き合っているが、私のことはあまり気に入っていないらしい。親を追い落とした男はよく思えないそうだ」

吐き捨てるように言う鷹に、雛はなにも言葉を返せなかった。

親を、追い落とす？　そういえば、鷹さまからはお義父《とう》さまのお話や、お義父さまが今どこにいらっしゃるかは聞いたことがないわ。上杉さんからも。過去は鷹さまがいつか話すことだからと。

雛の脳裏に、あのパーティの夜の鷹の独り語りが蘇《よみがえ》る。

父の行いも糺《ただ》すことができず、と、そうおっしゃっていた。いつか、さらに詳しくお話を伺うことができるかしら。妻として、もっと信頼を得たら……。

雛が思わず鷹を振り仰ぐと、鷹もじっと雛を見つめた。

そして、なにを思ったのか、そのまま軽く息を吐く。

「……すまない。きみには関係のないことだったな。実際、きみは小邑女侯として小邑家の人間でもある。常盤夫妻もそう目くじらを立てることはないだろう。この前のパーティのときに、北条《ほうじょう》嬢にしたようにうまくやってほしい」

「はい」

雛が素直に答えると、鷹はそれきり口をつぐんだ。

形のいい唇を引き結び、沈黙すると、まるで鷹は美術館からひっそりと抜け出してきた美術品のようだ。

秀でた鼻梁《びりょう》と顎のラインの神が計算したようなバランスは言わずもがな。それらを最大限に引き立てるのは大理石めいた透明な白さの肌。そこに趣を添えるのは、最近は人間味が加わってきたことでさらに魅力を増した涼やかな切れ長の瞳だ。ひらめくその虹彩《こうさい》の色は、丹念に磨かれた黒曜石もかなわないほどの深みに満ちている。

そんな、冬の夜空めいた鋭い光を宿した眼差《まなざ》しも、もう雛の上にはない。馬車の窓から、行き過ぎる景色を見ているようだ。

つられて雛も、窓の外を動いていく景色に目を移す。

それを見て「綺麗《きれい》だ」と思えるようになってきたのは、鷹といることに慣れてきたからだろうか。それとも——。

かたかたと、馬車の車輪がリズミカルに動く音だけが聞こえる。

雛は、スプリングの利いた座席に体を預けながら、馬車が常盤邸に近づくのを感じていた。


馬車が常盤邸の前に寄せられる。そこから降りた鷹が、儀礼として雛に手を差し伸べた。それになんのてらいもなく雛がてのひらを乗せ、馬車から降りようとする。そのとき、鷹と目線がかち合い、雛の足が一瞬止まる。

今までこんな風にエスコートされたことは何度かあった。鷹のエスコートは形だけは紳士的で完璧だった。けれど、目が合ったことは一度もなかった。

まるでエスコートはただの義務だとでもいうように、いつも、雛とは違うどこか遠いところを見ていた鷹。雛を見ることのなかった鷹。それが、今日は。

雛の空色の瞳がぱちぱちとまたたく。射込まれた漆黒の視線に戸惑うように。

「どうした？」

怪訝《けげん》な声音で鷹に問われ、雛は「申し訳ありません」とだけ返す。

それ以上は、なんと言っていいかわからなかった。

鷹さまは、お気づきではない……？

戸惑い立ち止まる雛を心配するように、鷹の指が雛の指先に絡まる。その温かみに雛はさらに戸惑う。

鷹さま、どうなさったのかしら。

鷹の指が、絡まったままの雛の指を、先を促すようにくい、と引いた。

驚いて雛が鷹の顔を見上げれば、鷹もまた、不思議そうに雛を見ていた。

「降りないのか？　もう常盤邸についたが」

どうやら、鷹の行為は本人にも意識されずに行われていたものらしい。

ならば、鷹さまのこれは、ただのお気遣いよね。きっとそうだわ。

……落ち着きなさい、雛。それに、今はそんな場合ではないでしょう。

雛は意識して心の揺れを抑えながら、笑顔で答える。

「申し訳ありません。少し考え事をしておりました」

「そうか。足元に気をつけたまえ」

「はい」

とんとん、と軽い足音を立て、雛が降車する。

嘘《うそ》をつくのは好きではないが、鷹をこんな下らないよそごとで煩わせたくないというのも、雛の真実だった。

そして、鷹のことばかり考えているから、こんな気持ちになってしまうのだと自分を戒める。

駄目ね、雛。今日は大切な舞踏会よ。自分勝手なことで鷹さまの足を引っ張らないようにしなければ。

そうして二人は、バロック様式が豪華な常盤邸のエントランスに近づいていく。

見上げるような巨大な洋館は、土岐宮家と同じくらいの大きさか。曲線に彩られた洋風の彫刻の施された壁や、様々な像の置かれた壁龕《へきがん》は、華族の屋敷《やしき》というより、異国の宮殿のようにも見えた。

雛は、外にいても漏れ聞こえる人々のさざめきと、優雅なメヌエットの調べに耳を傾ける。

すると、常盤家のドアマンが二人に声をかけて深く礼をした。

「これは、土岐宮閣下ご夫妻。主人がお待ちでございます」

そして、同じく装飾の施された見事な黒樫《くろがし》の一枚板のドアを開いてみせる。

その姿に軽く顎で応じてから、鷹は雛を連れ、広い玄関ロビーに入っていく。

「よいドアマンを使っているな」

不意にそう言われ、雛は首をかしげた。

確かに品のいいドアマンではあったけれど、鷹が「よい」と評価するような行動はとっていただろうか？

その雛の疑問に答えるように、鷹は言葉を続ける。

「誰何《すいか》せずとも、私ときみが土岐宮伯爵夫妻であることをわかっていた。客に名乗らせないのは一流のドアマンだ。我が家のドアマンもそう教育している。覚えておくといい」

「……はい。わたしも、勉強を怠らないようにいたします」

納得した雛が、敬意をこめて答える。

雛も華族として正統な教育を受けてはいるが、社交界へのお披露目をする前に両親が死去したことで、実学に乏しい面がある。

それをこうして学ばせてくれる鷹は、どれだけ態度が冷たくとも、本当に得難い人物だということが最近の雛にはわかってきた。

首飾り以上の物を頂戴していると思うのは、気のせいではないわ。だから、わたしも、頑張らなくちゃ。

雛が我知らずきゅっと唇に力を込めたとき、今まで聞いたことのない太い声が雛たち二人を呼び止めた。

「ようこそいらっしゃいました、土岐宮伯爵」

そこに立っていたのは、今日、二人を招いた常盤公爵だった。

鷹のようにすらりと恵まれた体軀《たいく》ではないが、がっしりとした、頼りがいのありそうな体つきだ。その声と体に似合う、角ばった顔が太い首の上に載っている。

「これは、常盤公爵。本日はお招きいただき、感謝の言葉もありません」

鷹が体を折ると、常盤公爵が鷹揚《おうよう》な響きで笑う。横に立っていたほっそりとした女性も、扇で口元を隠しながら楚々《そそ》と微笑《ほほえ》んだ。そして、その扇の風を送るように、ゆっくりと鷹と雛を順に見やる。

常盤夫人だ。常盤公爵とはほとんど年齢の差はないはずだが、なめらかな肌とつやのある髪色は、夫人を実際よりずっと若く見せていた。

思っていたより柔和な二人の態度に、鷹が軽く目を見開く。

鷹を嫌っているとしても、それを覆い隠すだけの老獪《ろうかい》さは二人ともあるようだ。

「感謝なんて、そんな、ねえ、あなた。雛さまも来てくださって嬉《うれ》しゅうございますわ。ああ、評判通り本当に素敵なドレスですこと。お若い方の華やかな装いを見ると、自分まで若返るような気がいたしますわ」

「若返るなど。夫人は今でもお若いですよ」

よそゆきの温和な顔で鷹がそう言うと、絢爛《けんらん》とした宝石とドレスを身にまとった夫人が、ほほ、としなを作った。丸い瞳が、嬉しそうにひらめく。

「鷹さまはお上手ですこと」

「土岐宮くん、うちのに世辞を言うことはないですよ。本気にしますからね」

大きな口を笑いの形に広げた常盤公爵の肩を、夫人が扇でぶつ真似《まね》をする。

常盤夫人は、愛され、無邪気に生きてきた女性そのものだった。

「あなた、ひどいわ。ねえ、雛さま？」

「おまえ、お嬢さんを困らせるんじゃないよ。ねえ雛さん、こんなおばあちゃんにやいのやいの言われても困りますよね？」

「あ、あら、そんなことありませんわ。わたしは夫人ほど美しくありませんもの」

「まーあ、雛さままで！　今日は素敵な友人に囲まれて本当に嬉しいわ！　舞踏会を楽しんでいってくださいましね」

その場でくるりと踊りだしそうな様子の夫人に、常盤公爵は目を細め《く》「私からも、ぜひ」と付け加えた。

「うまく返したな。夫人は上機嫌だ」

玄関ホールから、舞踏会が繰り広げられている大広間に足を踏み入れた鷹が満足そうに笑う。

「常盤公爵は愛妻家だ。夫人の心を奪えば公爵も無下にはできない」

「それはようございました。咄嗟《とっさ》のことでしたが……」

「きみはなかなか機転が利く。よくやった」

すっと近寄って来た鷹の美しい顔が雛の耳元で囁《ささや》いた。

吐息さえかかるような距離に「あ」と雛が小さな声をあげる。そして、ふわりと頬を赤らめた。

「鷹さま……！」

ふふ、と意識せずに漏れた鷹のかすかな笑いが雛の耳をくすぐる。

「できるならきみをもっと褒めてやりたいのだが、きみはなにも欲しがらないからな。困ったものだ」

「お褒めの言葉など。わたしはこうして鷹さまのお役に立てれば満足です」

「無欲すぎる娘はこれだから厄介だ。私は褒賞を与えることさえままならない」

「そんな……」

どぎまぎする胸を押さえながら、必死で雛は返事をする。

驚きすぎて、鷹の笑みを垣間見《かいまみ》た周囲の人間が、そのあまりの美しさにため息を漏らすのにも気づかないままだ。

するとそのとき、雛にも聞き覚えがある、ねっとりとした声が二人の背後から投げかけられる。

「あら、雛さんたちじゃない。なんて仲のよろしいこと。これは春華さんが嫉妬するわけね。鷹がそんな顔もできるなんて、従妹の私でも知らなくってよ」

「碧子」

振り向いた鷹の眉間がしかめられる。

夜の闇のような女——土岐宮碧子——は、今日は、その姿には似つかわしくない、やわらかい桃色のドレスを身につけていた。そのドレスの色と揃《そろ》いの、目の細かい綾織《あやおり》の手袋をした手をおとがいに当て、獲物を見つけた蛇のようににったりと笑う。

「嫌ね。そんな目で睨《にら》まないでちょうだい。私も招待客の一人よ？　それより、ほら、あそこで情熱的な瞳であなたたちを見ているご令嬢がいるわ。物欲しげな顔をしているご子息もね。あちらの方が私よりお二人にご用事があるんじゃなくて？」

碧子が目顔で指し示したのは、正装した春華と祐樹《ゆうき》だった。鷹の眉間の皺《しわ》がさらに深くなる。

その様を見た碧子は、愉快そうに声をあげて笑った。

「それに、私もいつまでも負けてはいないわ。銀行を取られ、ドレスの件ではあなたに水をあけられたけど……すぐに追いついてみせるわよ。覚悟なさいね」

「それは土岐宮碧子として、土岐宮分家としての正式な発言か？」

「さあ、どうかしら。——では、雛さんのダンス、楽しみにしているわ。そういえば、私は雛さんの姿をこれまで舞踏会で見たことがないけれど……果たして人前でうまく舞えるのかしら？」

雛に険のある視線を移した碧子が、クッと含み笑いをぶつける。

「ねえ、『廃屋令嬢』？」

それは、あからさまな侮蔑だった。碧子は、雛を人前で泣かせてやろうと考えていたのだ。

けれど雛は、それまでとは打って変わって、すっと背筋を伸ばし、典雅な微笑みをその頰にたたえた。

「さあ、いかがでしょう。わたしのダンスが碧子さまのお気に召すかは存じませんが、どうぞご覧になってくださいまし」

鷹の口元がわずかにゆるむ。かつて荒れ果てた小邑の屋敷で目にした、近衛兵《このえへい》を従えた女王の姿をまた見ることができたからだ。

碧子が忌々しげに唇を歪《ゆが》める。

「……ならばせいぜい頑張りなさい……！」

そして、それだけを口にし、二人の前から踵《きびす》を返していった。

ほおっと雛が息を吐く。

それは安堵《あんど》のため息だった。先ほどまでの凛《りん》とした姿は嘘のように、年相応の少女の表情をする雛がそこにはいた。

「鷹さまのお身内に生意気を申しました……」

「いや、いい。あれは身内などではないと前にも言っただろう。直截《ちょくせつ》に言えば私の敵だ。つまり、今ではきみの敵でもある。それを私に恥をかかせずうまくあしらったな。やはりきみは機転が利く」

鷹にはっきりとそう言われ、雛の耳の先がふわりと染まる。

「ありがとう……ございます」

本当はもっとたくさんのことが言いたいはずなのに、雛はそれ以上言葉が出せなかった。嬉しい。それだけしか。

左右の指を触れ合わせて、その思いを閉じ込めるようにする雛の腕を鷹が引く。

「碧子の言う通りにするのは癪《しゃく》だが、一曲踊るか。舞踏会に来た義理は果たさねば」

「は、はいっ。かしこまりました！」

常盤夫人が帝都から連れてきた自慢の楽団が奏でる音色は、メヌエットからワルツに代わっていた。

星をはじくようなハープ、コロコロと軽やかな金管、ゆったりと郷愁を誘う弦楽器、それらすべてが混ぜ合わさり、力強くも優雅な三拍子が大広間に広がっている。

その音に乗るように、二人の体が踊る人々の間に入っていく。

周囲の注目が一斉に二人に向いた。

美しいけれど苛烈でどこまでも冷たい氷のような伯爵と、名門ながら落魄《らくはく》して屋敷《やしき》に閉じこもっていた青い目の侯爵令嬢……その上、令嬢はいま社交界で大流行している反物でこしらえる和ドレスの創始者だ。それがどんなダンスを踊るか……皆、どこかで観察をしていると言っても過言ではない。

そんなあまたの視線に晒《さら》されながら、雛は一歩目を踏み出した。

せつなく歌うようなバイオリンの独奏に合わせ、雛の足がするりと床の上を動く。

氷の上を滑るようなそれは、重力をまるで感じさせない。けしてダンスが下手ではないはずの他の華族たちの足さばきが、地面に縫い付けられているように見えるほどだ。

細い腕をしなやかに鷹に寄り添わせながら、雛がくるり、くるり、とターンをする。そのたびに今日のために仕立てたドレスはしとやかに翻り、裾のレースの白がまたたくように人々の目を射る。

そしてまた、軽やかなステップ。「踊る」というより「舞う」という言葉がしっくり来るようなその動き。月光の糸の上で遊ぶ妖精のような、愛らしくも優雅な舞踊。

けれど雛が美しいのはダンスだけではない。

四方に目配りする瞳は大きく輝き、鷹の言った通り青空を体現しているようだ。忌まわしい異形のように語られてきたその瞳が放つ予想外の美しさに、華族たちは息を呑《の》む。それは、伝え聞いていた濁り水のような色とは全く違う、澄み渡る青だった。踊る雛を好奇の目線で待ち構えていた貴婦人も、初めて間近で見るその色に気圧《けお》され、よく動く口を閉ざしている。

偏見に満ちた彼らの心の中が少しずつ変わっていく。人のする話は不確実なものだ、と痛感している者もいた。実際に自らの目で見てみれば、雛の瞳は忌まわしいどころか、きらめく宝石がはめこまれたようだった。

瞳だけではない。ミルク色の肌に花びらを一枚浮かべたような唇が、常にかすかな微笑《ほほえ》みをたたえているのも雛をさらに高貴に見せている。すんなりと伸びた指は、嫁入り当時とは違い爪の先まで真っ白く滑らかで、雛がどれだけ土岐宮家で大切にされているかがよくわかった。その指先が、鷹の差し伸べた手のひらにしっかりと結びついているのは、雛の鷹への信頼を表しているのだろう。

わたしを見るたくさんの人がいるけれど、鷹さまと一緒ならば怖くないわ。

今、雛の胸の内でワルツと一緒に鳴り響くのはそんな言葉だ。

その上、雛が身につけている物も一目でわかるほどの一流の品々だった。上等のお召しや無地の黄八丈の貴重さは言うまでもないし、ドレスと色を合わせた首飾りの黒真珠も、南洋の潮騒《しおさい》が聞こえそうなくらい大粒の見事なものだ。

今日の雛には瑕疵《かし》はどこにもない。本人がかつては恥じていた青い瞳さえ、周囲の華族からすれば、極上のサファイアのように美貌に色を添えている。

大広間中から視線を集め、踊る雛は、黒のお召しに浮かぶ大きなひまわりの柄と相まって、その場に咲く一輪の花だ。

ほう……と誰かの漏らした吐息が聞こえる。

それほど雛の存在は大広間の中で群を抜いていた。

その手を取っているのが、西洋の彫像めいた端麗な鷹なのもそれに拍車をかけている。

二人はオルゴール箱の上で踊る人形のように華麗で、精緻に秩序だっていた。

ジャン、と賑《にぎ》やかな合奏でワルツが終わる。

鷹と雛もそれに合わせてダンスをやめると、大広間から自然と拍手が湧き上がった。

それとともに、ようやく人心地を取り戻した華族たちが、ひそひそと話を始める。

「素晴らしいダンスですこと！」

「ダンスもいいけれど、あの令嬢の可憐《かれん》なこと、絵に描いたよう。あの方はどなた？」

「土岐宮伯爵とそのご夫人の雛さまよ」

「まあ、あの小邑侯爵家の？」

「信じられない。あんなに美しい方がお屋敷に籠っていらっしゃったの？」

「それより誰だ？　小邑女侯は小邑の忌み子などと最初に口にしたのは。あれほど鮮烈な青がそんなものであるものか。あれは天の恵みだよ」

「本当……雛さまの目ってモダンね。今日、こうして拝見できてよかったわ。でなければずっと、雛さまを貶《おとし》める馬鹿げた噂《うわさ》を信じる羽目になっていたでしょうから」


中には雛を『廃屋令嬢』と笑ってやろうと待ち構えていた者もいたが、そんな気構えは雛の美貌とダンスの前にぺちゃんこに潰されてしまった。強いて笑おうとすれば、自らの見識の浅さをかえって露《あらわ》にすることとなり、恥をかくだけだと諦めた者もいた。

「なかなかいいダンスだ。きみの母親は……親は、まあ、よい親だったのだろうな」

雛にねぎらいのグラスを差し出した鷹が、母親、と口にしようとしてすこし口ごもりながら告げる。

いまだに、母という単語を口に出すのは鷹にとっては苦い。

そんな鷹には知らないふりをして、雛は返事をする。

鷹にとってそれは心の柔らかい部分に位置するものだと、あの夜にわかったからだ。

「よい親かはわかりませんが、熱心な母でした。わたしが淑女らしくいられるようにと……。でも、それより、鷹さまに恥をかかせることなく踊れてなによりです」

「ああ。常盤夫人もこのダンスなら満足だろう」

物見高い華族の連中もな、と付け加えて鷹はかすかに笑う。

その笑みを見ると、雛の胸は弾み、なんとも言えない高揚感に襲われる。それを覆い隠すように雛は笑顔を作り、ただ、鷹の顔を見つめた。これくらいは許されるだろうと思ったからだ。


そんな二人の様子を、大広間の隅から昏《くら》い目で見ている者がいた。

春華だ。

視線だけで人を殺せるならば、とうに雛は死んでいるだろう。そんな目だった。

「あの女……！　お異母兄《にい》さまと……！」

細い春華の指がぎちり、と、てのひらに食い込むくらい握りこまれる。その様子をうかがっていた碧子がくすくすと微笑をこぼした。

「本当、腹が立つわねえ。ねえ、春華さん、あれでいいの？　このままじゃ、あなたの大事なお異母兄さま、雛さんに取られてしまうわよ？」

反逆をそそのかす悪魔のような口調だった。柔らかく、甘く、そして邪悪な。

「碧子さん、やめないか。春華姉さんを煽《あお》るな」

春華の横にいた祐樹が碧子をたしなめる。

その姿に、碧子がにんまりとした笑みを浮かべた。

「あら、祐樹さん、雛さんを庇《かば》うの？　おかしいわねえ……『青い目の女なんて、からかうのにちょうどいい』って言ってなかったかしら？」

「いや、それは」

「あなたにも、私にも、土岐宮本家を狙う者にとって、鷹は共通の敵でしょう。雛さんがいなくなれば、鷹の進捗もすこしは停滞させることができるはずよ。それとも祐樹さん、雛さんが欲しくなってしまったのかしら」

たじろぐ祐樹に、碧子は次々と言葉を突き付ける。

そうかもしれない、などと、今さら言えない。特に、この女には。

祐樹は自分の中の雛への好意が増しているのに気づいていた。ただそれは、あれだけ雛と鷹を笑ったあとでは言えることではないし、言っても雛は取り合わないだろうという程度の理性は祐樹には残っていた。

第一、祐樹はまだ、そんな自分の気持ちがなんであるか、名前も付けられていないのだ。

「別に痛めつけろとは言わないわ。すこし恥をかかせてあげればいいのよ。この場から逃げ出したくなるような……ね？　やってしまいなさいよ、春華さん」

碧子に肩を叩《たた》かれ、春華がうなずく。

「やめろ、姉さん！」

けれど、祐樹の言葉は一顧だにせず、春華は雛たちへと向かっていく。

その姿を見て碧子は目を細め、祐樹の方に向き直った。真っ赤な唇が鞭《むち》のように歪《ゆが》められる。

「いいじゃない。祐樹さんだって、敵が減れば嬉《うれ》しいでしょう？」

◇◇◇

憎い、憎い、憎い。

春華の心を支配しているのは憎悪だけだった。

大好きな鷹の横に雛がいるだけで心が焼けそうなのに、その上、二人でワルツを踊り、それが称賛されるなんて！

飲み物を配っているボーイから、春華はワイングラスを受け取る。そして、赤ワインで満たされたそれを手に、そろりそろりと雛に近寄っていく。

先日のパーティで知り合いになった華族と話をしている雛は、それには気づかない。

春華の目が、悪だくみをする動物のように三日月形の弧を描いた。

そうよ、あんな女、皆の前で恥をかかされて泣きなさい。そして屋敷に逃げ帰りなさい。思い切り無様な姿を見せて、お異母兄さまに嫌われればいいわ！　あんな女、嫌い！　嫌い！　大嫌い！

もしも春華の胸の内を言葉にできたら、そんな雛への呪いでいっぱいだったろう。それくらい、今の春華は雛を憎んでいた。

そして――。

雛とすれ違いざまに、春華が体をわざとらしく大きくかしがせる。

ぱしゃり。

雛のドレスの胸元に、ワインの赤が散った。

「きゃ」

突然の出来事に気づいた雛が、軽く声をあげる。

周囲の人々も、春華が雛にしたことを感じ取ったようだ。

一瞬のざわめきのあと、大広間がすっと静まり返った。

そんなことにはかまわず、春華がワイングラスを片手に笑う。

先ほどまでの醜い表情が嘘《うそ》に思えるほど、うっとりと美しい笑顔だった。

そして、なにも悪びれる様子のない口調で雛に言い放つ。

「あら、ごめんなさい。足元がぐらついて。うっかりしてしまったのよ。悪気はないわ」

しかし、春華のしたことはどう見ても「うっかり」などではなかった。

雛にワインをかける前から春華を見ていた者もいる。そういった者が「春華さま……わざと……」などと、周りで様子をうかがう人々に伝え、その事実はさざ波のように広まっていく。

だがそれを春華に対して指摘する者はいない。

皆、興味半分、厄介事を避けたい気持ち半分で見守っていたのだ。名高い土岐宮伯爵家の新妻と、いつもたくさんの取り巻きを連れた、土岐宮本家後継者候補の春華のいさかいを。

極上のダンスで人々を魅了した雛が、春華の無礼をどういなすか、それとも屈服するのか、そんな意地の悪い興味を持つ者もいた。

「でも雛さんは気になさらないわよね？　そんな素敵なドレスを着られるようになったのも土岐宮家に嫁いでからですもの。『廃屋令嬢』ならば、襤褸《ぼろ》には慣れているでしょう？」

ニィ、と春華が唇の端を片方だけ持ち上げる。もう包み隠すことさえ忘れた、強烈な悪意だった。

けれど雛は、ただ微笑《ほほえ》んで春華の前に立っていた。

土岐宮家に嫁ぎ、鷹とともに歩んできた時間が雛を強くする。自分はもう、一人ではないのだと。

「ええ、気にしませんわ」

そして、その余裕さえ感じられる表情に見合った言葉を口にする。

「うっかりすることはどなたにでもあることです。足元がとおっしゃいましたね。もし、靴が合わないのならば大変です。土岐宮商会ではよい靴も取り扱っております。困ったらいらしてください」

春華がかっと目を見開いた。

なにを言っているの、この女は?! なぜ泣いて許しを請わないの?!

そんな春華にはかまわず、雛があたりをぐるりと見回す。

「ご覧になっている皆さまも、ぜひいらしてくださいな。土岐宮商会は種々それぞれの靴を取り揃《そろ》えております」

にっこりと笑ってから、乾杯をするようにワイングラスをかかげる雛に、ギッと春華が歯嚙《はが》みする。それとは正反対に、大広間は温かい笑みに包まれた。

春華が撒《ま》こうとした悪意の種は、芽吹く前に完膚なきまでに叩きのめされた。それも、この上なく優雅な方法で。

大広間の空気が元に戻る。

残されたのは、屈辱に震える春華だけだった。

「雛さまは愉快な方ですわね。今度あたくしも土岐宮商会に伺おうかしら」

ドレスの裾を揺らしながら雛に近づいて来た常盤夫人が、雛に向けて笑みをこぼす。

「それと、あの場でお怒りにならないでくださってありがとう。舞踏会がめちゃくちゃになるところでしたわ」

「皆さまのお楽しみの場を壊すのは、よくないことだと思いましたから」

「なんて思慮深いお方だこと。ドレスを汚されたのに、そこまでお考えになってくださるなんて……。あたくしがもっと気を付けるべきでした。もう春華さんに招待状は送りませんわ」

「そこまでは……」

「いいえ、いいのよ。春華さんは雛さんだけでなく、あたくしの舞踏会で狼藉《ろうぜき》を働いて、常盤の名誉も汚そうとしました。そんな方をあたくしは許せませんわ」

つん、と夫人が顎をそびやかす。

「これは常盤の問題だから、雛さまはお気になさらないでくださいましね」

そこまで言いきられ、雛はそれ以上を口にするのをやめた。

夫人の口ぶりからして、春華を庇っても聞き入れられないだろう。そう、はっきりと伝わってきたからだ。

確かに、この舞踏会は夫人の物だ。夫人の言うことにも一理ある。自分の主催した舞踏会を私怨で台無しにされれば、夫人の評判にも傷がつく。

仕方ないわ……でも、春華さん……。

ここまでされても、雛は春華を慮《おもんぱか》っていた。鷹を想《おも》う春華の気持ちがわからないわけではない。ならば、話し合えば少しは歩み寄れるのではないかと思っていたのだ。

そんな雛の甘さを断ち切るように、夫人がふふっと笑う。

「それにしても、雛さまのダンスは見事でしたわね。あたくし、うっとりしてしまいましたわ」

「あ、いえ、そんな……。母に教わったものなので、古い型でお恥ずかしいです」

「古典はいつになっても色褪《いろあ》せないものでしてよ。さ、あたくしも踊ってこようかしら。雛さまのダンスほどではないですけれど、よろしければご覧になってくださいましね。

「……あ、あなた！　あたくしと踊りましょう」

常盤公爵を見つけた夫人が、軽い足取りで彼に駆け寄っていく。

出会ったときそのままに無邪気なそれを、雛はただ見送った。


「雛」

「！　鷹さま」

常盤夫人を見送った背に、鷹から声をかけられ、雛が飛び上がるような勢いで振り返る。

わたし、また春華さんと衝突してしまった。鷹さまはいつも大丈夫だとおっしゃるけど、春華さんは鷹さまの異母妹《いもうと》なのに。

けれど、雛の意に反して、鷹の口から出たのは笑みを含んだ言葉だった。

「よくやった」

「鷹さま……？」

「春華が馬鹿なことをして、どうするかと思っていたが……きみは落ち着いていた」

その上、土岐宮商会の宣伝までするとはな、とくすりと鷹が笑う。

雛はそれに、心臓を射抜かれたような気分になる。

初めて見た嬉しそうな鷹の笑顔。それは、氷が溶けるように甘やかで、どんな頑《かたく》なな人間の心をも虜《とりこ》にしそうなものだった。

こんなお顔もなさるのね。まるで月の桂男《かつらおとこ》のように輝いていらっしゃるわ……。

思わずじっと鷹を見てしまった雛に、鷹は首をかしげ、そして、なにか合点したように首肯する。

「春華は常盤夫人の不興を買った。これで本家の老人の覚えも悪くなっただろう。その分、私は一歩前に出た。きみは本当に役に立つな」

あくまで後継者争いに絡めたそれは、鷹なりのねぎらいなのだということを、最近の雛はわかってきていた。だから、雛は素直に「ありがとうございます」と答える。

自分たちを繋《つな》いでいるものが契約なのはわかっている。それでも、鷹とこうして交流が増えるたび、雛は、嬉しさを抑えきれない。

雛のそんな気持ちに気づくことはないのだろう。鷹はまた元の冷厳とした顔に戻り、ダンスを始めようとする常盤夫人に視線を送る。

「さて、夫人のダンスでも拝見するか。雛、ドレスは必ず元に戻してやる。心配はしなくていい」

「そんな、大丈夫です」

「私のあつらえさせた服だ。私の言うことを聞きたまえ」

「は、はい」

きつく言われ、慌てて雛は応える。

その様子に、鷹は満足げにうなずいた。

「よし」

それを合図のようにして、二人は踊り始めた夫人に目を向けた。

夫人が踊るのは、細やかな動きにダイナミックさを秘めたフォックストロット。それを夫人はどことなく雅《みやび》な足の運びで踊っていく。夫の常盤公爵との息もぴったりだ。きりりと伸びた背筋はいかにも名門華族らしく、大広間の中でも夫人は人目を引いた。謙遜していたが、夫人のダンスの腕前もなかなかのものだ。

歩くような伸びやかなリズムの二拍子が、極上の楽団から紡ぎだされる。

そしてそれが一区切りついたとき、公爵は夫人になにごとかを耳打ちした。

「あら、あなた、もう踊れませんの？」

「すぐに戻るよ。大事な客が来た。挨拶をしてこなければ」

「承知いたしました。ならば別の方と踊っておりますわね」

「悪いね」

「いいえ」

公爵が速足で大広間を出ていく。

それを見届けた夫人が、新しいダンスの相手を探そうと大きく一歩を踏み出したとき
――かたん、とかすかな音がした。

「……っ！」

大広間に緊張が走る。

音を立てたのは、夫人の足から床に滑り落ちたガーターベルトだった。

しん、としてしまった空間に、楽団の奏でる曲だけがむなしく聞こえる。

誰も、なにも言うことができなかった。素足を見せるということは、貴婦人として最大の恥だ。だから誰もが丈の長いドレスを身につけ、ガーターで留めたストッキングで足を覆い隠している。それが、そのストッキングよりさらに肌に近いガーターを人前に晒《さら》してしまうとは！

夫人は、動くこともできずに立ち尽くしている。

それは、大広間の人間たちも同じだった。

あまりにも大きな出来事が起きると、人は軽口さえ叩《たた》けなくなるのだ。

そう。夫人に起きたことは、紳士や貴婦人にとって、表立っては揶揄《やゆ》することさえはば

かられることだった。

きっと、これからしばらく社交界はこの話題で持ちきりになるだろう。つまり、夫人の恥が陰でどこまでも嘲笑されることにほかならない。それは夫人もわかっているはずだ。

だからこそ、夫人は石のように動けない。これがただの悪夢であれ、目覚めればベッドの上で、すべては元通りであれと祈っている。

夫人のもっとも近くにいた者ですら、そんな夫人になにも言えず、ただ横に立っているだけだ。

誰もが踊ることをやめた大広間に、針を落とす音さえ聞こえそうな静寂だけが広がる。

もちろんこれは悪夢などではない。その証拠に、夫人の顔はどんどん青ざめていく。

そのまま、夫人が気を失って床に倒れこんでしまうのではないかと思われたとき、雛が夫人へとすっと歩み寄った。

雛はその場にかがみこみ、床に落ちていたガーターを拾い上げる。時間が止まってしまった中、雛だけが自在に動いているような軽やかさだった。

「まあ、これではまるで、かの名誉ある騎士団が作られたときのようですわね」

周囲が固唾をのんで見守る中、そう、柔和な声で口に出し、場違いなほど穏やかに雛がにこりと微笑む。

「ならば、悪意ある者に災いあれ、でしてよ。ね、皆さま」

そして雛は、その手にガーターを隠すように持ったまま、いたずらっぽく一礼する。

雛の台詞《せりふ》の意味はわからずとも、その仕草には侵しがたい威厳さえ垣間見《かいまみ》えて、誰も、雛のそんな姿に軽率に声をかけることはできなかった。この華奢《きゃしゃ》で愛らしい少女は、それでもあの名門の小邑家の後継者なのだと、改めて痛感した者もいた。

震える夫人の肩に、雛が手を添える。

「夫人、控えの間に参りましょう」

雛に優しく促され、夫人がぎごちなくそれに従う。

心ここにあらずといった感じだ。

けれどそれは当たり前だろう。衆目の前でガーターを落とすという恥辱は、淑女にとって計り知れない痛みを与える。

そんな夫人を、ゆっくりと、でもしっかりと介添えしながら、雛は控えの間へと進んでいった。

そして、そんな二人の姿が控えの間へと消えたとき、ぱちぱちと拍手の音が大広間に響いた。

周囲の強い視線は、拍手の主を射抜く。

けれど、拍手の主——退役した海軍准将——はにこにこと笑っている。周りのことなど意に介してはいないようだ。

「あのお嬢さんはどなたかね？」

准将は、ゆったりとした口調でそんなことまで聞く。

近くにいた青年が、戸惑いながらそれに答えた。

「土岐宮雛さんですが、それより、どういうつもりですか、准将」

けれど准将は青年の狼狽《ろうばい》には構わず、うんうん、とうなずくばかりだ。

そして、独り言のように繰り返す。

「なるほど、なるほど」

「じゅ、准将、まずいですよ！」

慌てた様子の青年の声が響く。

無理もない。准将の身振りはこの場にはまったくそぐわないものだ。あたりの人間たちは、夫人がガーターを落としたときとは違う意味で静まり返り、二人のやり取りをただ見つめていた。

「いや、ずいぶん粋な助け舟を出したものだと思ってね。あれはガーター騎士団が作られたときと同じやり方だ」

「ガーター騎士団……？」

聞きなれない単語に、毒気を抜かれた青年は思わず聞き返す。それに准将は鷹揚《おうよう》に答えた。

「大英帝国最古にして最大の名誉を持つ騎士団だよ。かつて英国の宮廷で、さる伯爵夫人が夫人と同じ目にあったことがあった。そのとき、時の王エドワード三世は、あのお嬢さんと同じことをし、同じことを言って伯爵夫人を庇《かば》った。『悪意ある者に災いあれ』とね」

そう言って、准将がぐるりと周りを見回す。

――慌てて目を伏せた者は、その言葉通り、夫人を笑ってやろうとした悪意ある者だろうか？

「エドワード三世の女性を守る紳士的な行いは大いに称賛され、これをきっかけにガーター騎士団とガーター勲章が創設されることとなった。雛さんとやらは博識だな。英国に留学でもしていたのか……いや、あんな小さい身ではそれもないか。だとしたらとんでもないお嬢さんだ。誰も傷つけず場を収めた」

その場にいる華族たちも身動き一つ取れなかったというのに、雛はまるで舞踏会で踊る姿そのままに、優雅に、軽やかに、夫人の手を取り、人前から隠した。

あのままだったら、もっと醜態をさらしてしまいそうだった夫人を。

そうなれば、夫人は夫である公爵ですら癒《いや》せないほどの傷を負っただろう。それを助けたのは、確かに雛なのだ。

周囲の華族たちはざわめいた。なんて少女なの。ようやく冷えてきた頭でそう思う。夫人の名誉を、年齢を重ねた者さえ知らない外つ国の王室の故事に基づいて最大限　慮《おもんぱか》ってくれ、手を引いてくれた雛に。あの場でそんな動きができたのは雛しかいないのだから。

ああ、確かに准将の言う通り、雛はとんでもない少女だ！

土岐宮伯爵のおまけの、青い目が印象的なだけの令嬢だと思っていたのに！

「さ、『悪意ある者に災いあれ』だ。夫人にあれこれ言う者はかえってみじめというもの。我々も雛さんを見習い、王のように振る舞おうじゃないか」

准将がぽつんと立っていたボーイからグラスを受け取り、ぐっと一息にあおる。

青年も急いでその動きに追随した。そして、唱和する。

「悪意ある者に災いあれ！」

それをきっかけにざわざわと元の喧騒《けんそう》を取り戻した大広間。雛への称賛の声がそこには満ちた。

「本当に魅力的な方ですわね、雛さま」

「常盤夫人も救われましたわ」

「なるほど、雛嬢のご両親は小邑侯爵ご夫妻……あの方々なら令嬢を完璧に育てるのもうなずける」

「雛さまと土岐宮伯爵はどこでお知り合いになったのかしら」

「さあ」

「どなたか、ご存じ？」

「私は知らないな。おまえ、聞いてきたらどうだい」

「ええ、そうしますわ。ねえ、皆さまもご一緒に来てくださらない？　伯爵は麗しすぎて近寄りがたいの」

「そうね。いくら美しいとは言っても、あの冷たい眼差し《まなざ》し……ちょっと目が合うだけで凍り付きそうになりますものね。よくってよ」

「では行きましょう」

そして、そのしばらくあと、鷹は華族の貴婦人たちに三々五々、取り囲まれていた。

「伯爵、あなたの奥さまは教養に溢《あふ》れた方ですのね」

「本当。あのドレスを流行させただけでも素晴らしいのに、英国のことにまで通じてらっしゃるなんて！」

「しかもお優しいわ。あんなにも可愛《かわい》らしいお顔と優しいお心……どこでお知り合いになられましたの？」

二人がともにいるのは契約結婚の産物だ、とも言えず、鷹はよそいきの曖昧な表情を浮かべた。

「偶然です。所用があって彼女の屋敷《やしき》を尋ねたとき、顔を見て……意気投合して妻にしました」

「まあ、では自由恋愛？」

「なんて進歩的なの！」

きゃあきゃあと喜ぶ貴婦人たちをよそに、鷹は雛のことを考えていた。

雛はあとどれだけの物を隠し持っている？

鷹は素直に感心していた。彼にとってはとてもめずらしいことだ。

ちらりと、雛がいるはずの控えの間に続く扉を見やる。

鷹は、自分の雛への印象が変わっていくのを感じていた。

最初は、名門である小邑家の名前を運んでくるだけの娘だったはずだ。それが、凛《りん》と背筋を伸ばした姿が印象的な娘になり、あのパーティの夜には自分になにかを感じさせた。

あのときの気持ちの行き場所は、今でもゆらりとさまよっている。そして、今日――。

雛が碧子と春華をいなしたのは、ある意味、予想通りの姿だった。ダンスで人目を引いたのも、雛ならばこうするだろう、という想像の域を超えない。

けれど、常盤夫人とのことは、驚くべきできごとだった。

あの場でさっと夫人のもとへ向かえるのも、鷹ですら知らない王室の故事を引き合いにして夫人を助けられるのも。

面白い娘だ。

鷹の中に、再びそんな思考が生まれた。

そう、雛は底の深い娘なのだ。

鷹の周りには、碧子や春華といったある意味わかりやすい女たちや、土岐宮伯爵家の称号や財産が欲しいという強欲な女たちばかりがいた。その中で、雛はとても異質だ。無欲なのに献身的で、ときおり、はっとするほど冴《さ》えた言葉を口にする。ただそれは、不快な異質さではない。目に見えない物に手を伸ばして探るような、楽しみを秘めた異質さだ。

そうだ、今の自分は、雛のことをもっと知りたいと思っている。

それは不思議な感覚だった。

他者を遮断して生きてきた鷹が、はじめて知る感覚でもあった。

「……伯爵、伯爵？」

思考を飛ばしていた鷹は、怪訝《けげん》そうな顔で何度も呼び掛けていた貴婦人にはっと気づく。

「すまない、なんでしょう」

「常盤公爵が伯爵をお呼びですわ」

「お名残惜しいわ。またお話ししてくださいましね」

今にも袖を引きそうな貴婦人たちに別れを告げ、鷹は常盤公爵の元へ向かう。

そこには、公爵以外に、夫人と、夫人に寄り添う雛がいた。

夫人の顔色は、まだ少し青いが、控えの間に入る前よりは随分とましになっている。

三人の前に鷹が立つと、公爵はまず、直截《ちょくせつ》に頭を下げた。

ん？　と鷹は怪訝に思う。

常盤公爵は自分を嫌っていたのではないか？

自分の両親を大切にしていた公爵は、反対に、父親を追い落とした鷹にあからさまな不快感を抱いているとずっと報告を受けていた。

けれどその公爵は、深々とこうべを垂れ、それに誘われるように夫人も鷹に向かって体を折っている。

「土岐宮くん、私の留守に、妻のことをありがとう」

その上、思いがけない言葉までかけられ、鷹は目をしばたたかせた。

ゆっくりと、公爵が顔を上げる。

雛の手を杖《つえ》のようにぎゅっと握っていた夫人も、それにつられるようにうなずいた。

「土岐宮くんの妻君のおかげで、妻は決定的な恥を得ずに済みました」

「夫からあたくしが控えの間に下がった後の話も聞きましたの……雛さまには感謝してもしきれませんわ」

「そして私は、妻から土岐宮くんの話を聞きました」

「あたくし、控えの間で、雛さまから伺いましたのよ。伯爵がどんな方か。どうして雛さまのような素晴らしい方がおそばにいるのか」

そこまで言ってから、夫人が、あら、と口元にてのひらを当てた。

「ああ、誤解なさらないで。雛さまはそのようなこと喧伝《けんでん》する方ではありませんわ。あたくしからお尋ねしましたの。——伯爵は、困窮した雛さまをお助けになったそうですわね。そして、そのことに見返りも求めず、雛さまを社交界にお披露目なさったり、お力になったりしてさしあげたとか。まことの献身は、大げさな言葉になどしないことをあたくしは思い知らされましたわ……」

鷹が、雛をちらりと見る。きみはなにを言ったのかと。

雛は静かに鷹を見つめ返した。

少なくとも、嘘《うそ》やおべっかを言ったのではなさそうだった。雛の本心を夫人に告げたように、見えた。

「我々の間にはいくつかの思い違いがあったようです。どうやら、私が勝手に思い違いをしていたようですが……」

きみは、私が思うような非情な人間ではないようだ。

そう、公爵が嘆息とともに吐き出す。

「その思い違いを私は解きたい。このような言い分、身勝手かもしれないが、今まで私ときみの間にあった溝を埋めさせてはもらえないかと思います」

「それは……」

「私は報恩を知らぬ人間ではありません。その上、きみの人柄を誤解していたのだから、申し訳ないことだ」

公爵が、鷹に手を差し出す。ああ、握手だな、と合点《がてん》がいき、鷹はその手を取る。そのまま、鷹の手をがっしりと握り、公爵は力強く宣言した。

「はっきりと言います。今後は常盤公爵家に土岐宮伯爵家の後押しをさせていただきたい」

そんな光景を、物陰から眺める者がいた。

久尚《ひさなお》だ。

小邑家の財産を多く手に入れた者として財界に根を張る彼は、常盤夫人から正式に招待状を得ていた。

しかし、今日の舞踏会は久尚にとって快いものではない。

久尚は何度もガチガチと歯を鳴らした。

廃屋で朽ちていくのだと思っていた雛が、華麗な装いで舞う姿に。

その雛が、均整の取れた美丈夫の鷹の隣にいることに。

そして——どれだけ邪魔をしても、社交界で確固たる地位を築いていくことに。

◇◇◇

おかしいじゃないか。

なぜ雛があんなに輝いている？

トーク帽で青い瞳を隠しうつむいていたはずの雛が、どうして堂々と双眸《そうぼう》を人に見せ、周囲もその青さが美しいと褒めそやしている？

雛はずっとあの廃屋に縛り付けられているはずだった。

そして自分の来訪だけを待てばいいはずだった。

美しかった兄嫁の代わりに、いつまでも。

……いや違う。あれは兄嫁ではない。

そうだ、ずっと、なぜ気が付かなかった？

身代わりではなく、欲しいのは雛だ。

どろり、と久尚の視線が濁っていく。

兄嫁とは違う青い目。雛だけの目。

あの目が、自分以外を見るなど許せない。土岐宮の若造などに渡すものか。

雛は、雛は、私だけの物だ――！

腐敗した感情は、自覚すればどこまでも久尚を蝕《むしば》んでいく。

彼の中では恋情と独占は同義で、呪いのように地続きに繋《つな》がっていた。いびつで、自分勝手で、とても愛などとは呼べないものだ。ただ久尚だけが、それが正当であると考えていた。雛の正しい伴侶は、自分であると。

そんな久尚の肩を、背後からぽん、と叩《たた》く者がいた。

「ねえ、久尚さん、悔しくなくて？」

土岐宮家の毒蛇――碧子だ。

ゆらり、と久尚が振り向く。

「おお怖い。そんな顔をしないでちょうだいな。私は仲間でしょ」

碧子の赤い唇がそんな言葉を紡ぐ。

――！

やはり、この二人は手を取り合っていたのだ。

「本当に嫌になるわよねえ、あの二人。私とあなたが精一杯邪魔してるのに、ものともしないの」

「手数が足りていないだけでしょう。まだやれることはある」

「そうね。でも、そんなことより、もっと決定的なことをしてみない？」

「決定的？」

「あなた、雛さんが欲しいのでしょう？」

碧子が囁《ささや》く。うっとりととろけそうな声で。

「いい案があるの。私も協力するわ。私だって、鷹が憎いもの……ねえ、久尚さん」

そして碧子は、誘惑するように久尚の頬を人差し指で撫《な》で、微笑《ほほえ》んだ。

◇◇◇

久尚と碧子のそんな思惑も知らず、常盤夫妻に見送られた鷹たちは帰路についていた。

「今日はご苦労だった」

馬車の中で鷹が言う。

「きみの機転で常盤夫妻は私の味方に付いた。英国のことなど、よく知っていたな」

「父が教えてくれました。それで興味を持って、書棚の本を紐解《ひもと》いて……あ、では、常盤さまと鷹さまは今日を機会に和解されましたの？」

「ああ」

雛に素朴な口調で問われ、鷹が短く返す。

すると、雛の顔がぱあっとほころんだ。

「まあ、よかった！　常盤さまだって、鷹さまときちんとお話しすればわかってくださると、わたし、思っていたんです」

わぁ、と雛が少女らしい歓声を控えめに上げる。

「嬉《うれ》しいわ。きっと鷹さまのお仕事もいっそう進みますね。つたないダンスを踊った時は不安でしたけど——本当に……本当によかった！」

「常盤夫妻に認められれば、きみの地位も社交界では盤石となるだろうしな」

「いいえ、違います。わたしは、常盤さまに鷹さまの良さをご理解いただけたことが嬉しいんです。鷹さまはよいお方ですから」

にこにことそこまで言ったところで、ふと、二人の目が合う。普段は怜悧《れいり》を通り越して氷のような鷹の瞳は大きく開かれ、ただ、雛を見ていた。

「きみは、本当にそんなことを思っているのか？」

「はい。心からそう思っております」

「そうか……」

雛にまっすぐに答えられ、鷹の心がざわめく。

そうか、この娘は自分のことより、私のことを喜んでいるのか。

ならば、これは、なんだ？

理解しがたい感情が、鷹の心を埋めていく。

目の前の少女の頭を撫でてやりたいような、安心を覚える温かな心地——。

これまで生きてきて、久しく忘れていたものだった。

実際にはほのかなはずの、雛の沈丁花《じんちょうげ》の匂いが強く香る気がする。

あの夜握った砂糖菓子のような指の感触も。

鷹は自身の感情に困惑していた。

胸の内にかすかな灯《あか》りがともるような感覚。

それは信頼とも友愛ともつかない、ささやかなもの。しかし、冷たく凍り付いていた彼の心にとっては大きな変化だった。

「鷹さま？」

雛が心配そうに鷹を見やった。

「お加減でも……？」

「大丈夫だ。……いや、舞踏会で人に酔ったのかもしれない。気にするな」

「お屋敷《やしき》に帰ったら、お医者さまをお呼びしましょうか」

「いい。それより、雛」

「はい」

鷹に呼びかけられ、雛が姿勢を正す。

ふと、今日のことは忘れたくない、と鷹は思った。そんなことを考えたのもまた、初めてのことだった。

「……私は屋敷に帰った後で一度商会に戻る。だが、その後できみに渡す物があるから、私が帰宅するまで起きていたまえ」

「かしこまりました」

雛がうなずくのを確認し、鷹はそこで会話をおしまいにした。わけのわからない衝動でかき乱される自分の心を、とにかく鎮めたかったのだ。

屋敷に戻った雛は、言いつけ通り自室で鷹を待っていた。

渡す物とは、なんなのでしょう？

そんなことを考えながら首をかしげる。

そのとき、部屋の扉がノックされた。

上杉さんかしら……。

そう思った雛が、「はい」と応じながら扉を開ければ——そこに立っていたのは鷹だった。あまりに思いがけない来訪者に、雛はびくりと肩を震わせる。鷹が雛の自室を訪れるなど、初めてのことだった。

「え、鷹さま。どうなさいました？」

「きみに、これを」

鷹が、ぶっきらぼうになにかを差し出す。

雛は、素直にそれを手に取った。

ちょうど雛の手のひらに乗るくらいの小箱だ。木でできた表面には、渦巻や花の模様が彫り込まれ散らされている。

「開けてみたまえ」

「はい」

鷹に促され、雛が小箱の蓋を開ける。

すると――。

ポロン、ポロン、と儚《はかな》くも愛らしい音色が聞こえて、思わず雛は目を見張る。

「まあ……！」

鷹が雛に手渡したのは、小箱の形をしたオルゴールだった。

「商会で取り扱っているオルゴール……英国の物だ。きみは英国が好きなのではないかと。違うか？」

「好きです！　父がよく話を聞かせてくれましたから」

「そうか。それなら、いい。今日はきみもしっかりと働いたからな。記念だ」

鷹にそう言われた雛は、信じられないような気持ちで聞き返す。

「……もしかして、鷹さまが選んでくださったのですか？」

「そうだ。気にいらないなら、捨てろ」

「気にいらないなんてそんな！　宝物にいたします！」

雛が思わず、オルゴールを抱きしめて叫ぶようにする。

「そんな安物、宝にするな。嫁入り前のきみに渡した宝石の方がよっぽど高価だ」

「それでも、鷹さまがわたしのために選んでくれた物です。鷹さまのお心の方が、どんな宝石より値《あたい》が高く存じます」

「──馬鹿な娘だ。心に値がつくものか」

「あの、鷹さまのお言葉に否を申しますのは無礼ですが、今だけはいいえと言わせてくださいまし。お忙しい鷹さまがわたしに心を砕いてくださったこと、商会に足を運んでくださったこと……皆、かけがえのないことかと……」

「……馬鹿な娘だ」

鷹が、奇妙な表情をして繰り返す。ただそれは、悪意や不快をにじませたものではなく、その言葉を口にした自分自身に戸惑うような奇妙さだった。しっかりと包んで胸の中に仕舞った物の封が、不意に開いてしまったような。

「だが、きみがそれを気にいったのなら悪くない気分だ。なぜだろうな」

そして、自分自身に問うようにぽつりとこぼした後、鷹は「これで終わりだ」とでも言うように首を振る。

「まあいい。私はもう部屋へ帰る。きみもほどほどにしなさい」

一方的に話を打ち切り、鷹が雛の部屋の扉を閉める。

その前でオルゴールを手にして呆然《ぼうぜん》としていた雛が、しばらくの間の後、ぎくしゃくと動きを再開する。てのひらの上のオルゴールをそっと撫で、蓋を開け、流れる音色に耳を傾け、花が開くような笑みを浮かべる。

嬉しい。

雛の胸の中はぽかぽかと温められていた。

馬鹿でもいいの。だってわたし、こんなに幸せだもの。

雛はその晩、なかなか寝付けなかった。

オルゴールを枕元に置いてやっと眠りについた雛の表情は、とても満足そうだった。

第三章　ふたり

あの舞踏会の夜から、雛《ひな》には何通もの招待状が届いた。正式には、鷹《たか》を経由しての雛あての。

お茶会、パーティ、舞踏会……。

添えられた手紙を鷹に何通か見せてもらったことがあるが、どうやら雛は、お披露目パーティで注目を浴び、最終的には常盤《ときわ》夫人のことをきっかけに社交界の寵児《ちょうじ》になったらしい。

けれど雛にとってなによりくすぐったかったのが、「麗しい青い目」という表現だった。

雛にとって自らの青い目は長いことコンプレックスでしかなかった。鷹に「青空のようだ」と言われて少しばかり自信を持つようになっても、それでも、自分は他者とは違うという思いは否めなかった。

それが、こうして、鷹以外の人間にも――。

「どうした、雛」

今日も、招待状を前に戸惑う雛に、鷹はなんということもないといった口調で問う。

「皆さまにお褒めいただいて恐縮なのですが、過ぎたお言葉が恥ずかしく……」

雛が体をすくめるようにすると、鷹がぴしりと言い放った。

「恥じるな」

「でも……」

「私の命令だ。きみは他者に恥じるような人間ではない」

「……はい」

雛が赤い頬のままうなずく。

不意打ちのようにとくとくと高鳴る心臓にも、最近は少し慣れてきた。

鷹とともにいるのならば慣れなければ、と雛が自分に言い聞かせてきた成果でもある。

「しかし、小邑久尚《こむらひさなお》のことが解決せねば、きみを自由に出歩かせることもできないな」

ふう、とため息をつき、鷹が腕を組む。

雛が、さっと顔を曇らせた。

「叔父さまが、またなにか」

「……日月新聞社《にちげつしんぶんしゃ》を知っているか」

「はい。昔は小邑家が大株主を務めていた新聞社です。両親がいなくなってから、叔父さまに株は移ってしまいましたが……」

口に出せば、ちりっと雛の胸が痛んだ。

守り切れず、散り散りになった両親の大切な品々を思い出す。それとともに、手の中からこぼれた幸福も。

この上、まだなにを欲しがっているのだろう、あの人は。

「気にするのも癪《しゃく》ではあるが、いずれきみの耳にも入るだろうから伝えておく。日月新聞社は土岐宮《ときみや》商会への中傷を繰り返している。きみを妻に迎えたころからずっとだが、最近は格段にひどい。それでも、ドレスの特需や昔からの客で経営は順調だが、どこで調べたのか、極秘で進めていた案件を暴露されたり、巧妙に虚実を交えた記事を載せたりする。今はやたらに表立って動きづらいことは否めない」

「なんてこと」

雛は無意識のうちに、きゅっと手を握りしめていた。

あの叔父はどこまで自分たちにつきまとうのだろう。もう、わたしから奪えるものなんてないはずなのに。

卑怯《ひきょう》な人……！

雛の瞳が潤む。それは青い瞳の色と相まって、まるで波立つ海だ。

雛は、久尚がもっとも奪いたいものが自分だということに気づいていないのだ。

鷹はそれにちらりと目をやり、なにかを言いかけてやめる。そして、その代わりのように淡々と口を開いた。

「記事は、日月新聞社の大株主の小邑久尚の差し金なのはわかっている。ただ、慙愧《ざんき》に堪えないことだが、土岐宮伯爵家は新聞業界には明るくない。なんとか止める手立てを探してはいるが、今日あすというわけにはいかなそうだ」

「……！　申し訳ありません、鷹さま……」

「きみのせいではない。それに、布地や小物の売買の邪魔はやめさせることができた。それだけでも商会の仕事は格段に楽になった。大丈夫だ。いつまでもやられっぱなしでいる私ではない」

ニィ、と鷹の唇の端に笑みが乗る。

それを見ても――ただひたすらに雛は胸を痛めていた。

おそらくは、自分が土岐宮伯爵家にいるせいで、鷹に損害を与えていることに。

◇◇◇

「まあ、雛さん、そんなことを、鷹が」

よし音《ね》が心配そうに雛の言葉に耳を傾ける。

テーブルに座る二人の背後に立つ圭《けい》も、かすかに眉をひそめていた。

今日は、久しぶりに本宅を訪れたよし音を迎えてのお茶会だ。テーブルの上にはよし音が持参した手作りのケーキや、雛が焼いた焼き菓子で溢《あふ》れ、部屋は菓子と紅茶のいい匂いに包まれていた。

「確かに日月新聞社の記事はひどいわ。わたくしも腹が立つから読みたくないくらい。それでも、なにかの役に立つこともあるかと辛抱して読んではいるけど……」

「お屋敷《やしき》では日月新聞社の新聞を取っていないので、わたしは恥ずかしながら存じ上げませんでした」

「知らない方がよくてよ、あんなこと。鷹はどうせ商会で新聞を読んでいるのだろうし、雛さんまで嫌な思いをすることはないわ」

「でも、わたしがご迷惑をかけているなら、なにかお役に立ちたいと……」

「雛さん」

よし音が、ぐい、と強く身を乗り出して言う。

「あなたは迷惑なんかかけていないわ。それだけは保証してさしあげる」

「そんな」

かたり、と雛がカップをソーサーに置き、困ったように首をかしげた。

言うべき言葉を見失ったようにも、見えた。

「だって鷹は最近すっかり変わったと社交界でも評判で……ああ、いい意味でよ？　雛さんのおかげで鷹は明るくなってきたわ。その変わりようはこんなわたくしにもわかるのよ。夫をいい方向に変える妻のどこが迷惑なの。ねえ、圭」

「はい、よし音さま。雛さまには時折そのようなことを申し上げているのですが、なかなかおわかりいただけません」

自分を見上げるよし音に、圭が笑みを含ませた声で答える。

「雛さまをエスコートする鷹さまの所作の優しいこと、私も驚くほどです。雛さまはどれだけ鷹さまにお近づきになられたのか……きっと私ごときには測れないほど近くでしょうね。今、一番鷹さまのおそばにいるのは雛さまだと、私は土岐宮家の執事として断言できますよ」

「ほら、雛さん、圭もこう言ってるじゃない」

雛の華奢《きゃしゃ》な手を、よし音の筋張った手が覆った。そして、よし音は諭す口調で言う。

「あなたはにっこりと笑っていればいいのよ。そうすれば鷹も喜ぶわ。あの子はね、あんな大きな体をしてるのに、中身はまだ子どもだから自分のこともわからないの。だから気づいていないのかもしれないけれど……本当に、それだけでいいのよ、雛さん」

「よし音さまは、ああ言ってくださったけれど……」

よし音が別宅に戻るのを送った後、庭を散策していた雛は、浮かないため息を漏らす。

圭が話し相手になりましょうかと提案してきたが、一人になりたかった雛はそれを断った。

いつの間にか秋の気配を漂わせた空は高く澄み、色づいた葉が広い庭を飾っている。

いつもならば素直に「綺麗《きれい》」と感じる風景。けれど、今日はその美しさとは反対に、心が沈んでいくのがわかる。

叔父さまを、どうすれば止めることができるかしら。

かさり、かさり、と落ち葉を踏む音。それを数えるように、雛は庭園を歩いていた。

本当に、わたしになにかできることがあればいいのに。

そのとき、がさがさとせわしない足音が聞こえ、背後から雛の肩が叩《たた》かれた。

「きゃっ」

思わず声をあげてしまった雛に「申し訳ありません」と声がかかった。

　それと同時に、声の主が雛の前へと回る。

「はじめまして、雛さま。私は小邑久尚氏の代理人弁護士、西村《にしむら》と申します。突然の来訪、まことに失礼いたしました」

　雛に深々と一礼をしたのは、二十代半ばくらいの眼鏡をかけた男だった。背広をきちんと着こなした姿は中肉中背で、全身から真面目そうな雰囲気が漂っている。

「叔父さまの……弁護士さん？」

「はい」

　西村が短くうなずく。

「雛さまにお話があって参りましたところ、ちょうど、お庭を歩いている姿をお見掛けしまして」

　それに、雛が首をかしげた。

「そんな方がわたしになんのご用ですか……？」

「小邑氏が、雛さまにお話ししたいことがあると」

「叔父さまが⁈」

　思いがけない言葉に、雛が声をあげる。

　話なんてない、という思いと、鷹への妨害を止められたら、という思いが、雛の中で交錯した。

驚きのあまり身構える雛に、西村は穏やかに微笑《ほほえ》んだ。

「私も仕事ですので、直截《ちょくせつ》に申し上げます。雛さまがお持ちの小邑侯爵家の権能の一部を小邑氏に移譲すれば、小邑氏は雛さまから手を引くと仰せです」

「小邑の……権能。叔父さまはどれを欲しがっておられますか？」

財産は奪われたとはいえ、侯爵家の権能はまだ小邑女侯である雛の手に残っている。けれど、いったい、久尚はなにを欲しがっている？

「それは事務所でお話しいたします。ただ、本当に一部で、雛さまの損になるようなものではありません。ですから、お手数ですが、本日中に私の事務所にご足労いただき、既定の書類に雛さまの直筆の署名を頂戴できればと」

「ここで、なにをお渡しするかお伺いすることはできませんか？」

「申し訳ありませんが、法律上の問題がありますので……」

「それでは、土岐宮家の執事の方に相談して参ります」

あの叔父が、自分の得にならないようなことを提案するわけがない。とりあえず、忙しい鷹の代わりに、主に相談しよう。

「雛さま！」

圭と話をするため、屋敷に戻ろうとした雛を、西村が一喝する。予想外の大きな声に、雛が、びくりと肩をすくませた。

「小邑氏は『すぐに』と申しております。いつその気が変わるかわかりません。雇い主とはいえ、小邑氏がどのようなことを雛さまにしているかは私も存じております。あれが止められるのならば、ほんの一とき、私の事務所にお越しになられてご署名なさる方が得策ですよ」

「でも」

躊躇《ちゅうちょ》する雛に、畳みかけるように西村が言う。

「私もこの件では雛さまにご同情申し上げております。土岐宮家から馬車をお借りして、門の前に待たせておりますから、どうぞお乗りになってください。一筆いただけましたら、すぐにお屋敷にお帰りになって結構です。それで、小邑氏とのことは解決です」

これが魅力的な提案だということくらいは雛にもわかる。久尚が続けている鷹への中傷だけでも止められたら――。

だけど、やはり。

雛の中の令嬢の部分が軽はずみな行動を止める。

初対面の男にいきなりこんなことを言われ、はい、わかりました、と馬車に乗る選択肢は、雛の受けた教育の中にはなかった。それに、自分がひとり勝手に身動きを取れば、屋敷の人間にも心配をかけてしまうだろう。そんなことは、避けたかった。

「……やっぱり、上杉《うえすぎ》さんにお話ししてきます」

そう言って身を翻しそうになる雛に、庭園の茂みの陰から現れたもう一人の人物がにこりと笑いかけた。

「雛さま、彼は信頼のおける人間ですよ。私が保証いたします」

「あなたは？」

突然、場に割って入った中年の男に、雛はいぶかしげに聞く。

この男も、皺《しわ》ひとつない背広をきちんと着こなし、いかにも仕事のできる人間、といった感じだった。

「私は狩谷《かりや》です。土岐宮家と関係のある仕事をしております」

「……狩谷……さん？」

どこかで聞いたような名前だと思った。雛は、頭の中の名刺入れを必死にめくる。

誰？　どこでお会いした方？　土岐宮の関係者の方なら、たいていは覚えているはずだけど……。

「そうです。狩谷ですよ」

自信ありげなその姿を見て、さらに雛は自分の記憶をたどろうとする。お披露目パーティ……常盤夫人の舞踏会……それとももっとなんでもない席……。

深く深く踏み込んで。

「あっ」

そして、たどりついた。

『雛さん、狩谷は土岐宮の遠い親戚なの。いつかご紹介しましょうね』

よし音と初めて出会ったお茶会の席。確か、そんな会話を交わした。

「狩谷さんは、土岐宮家のご親戚の狩谷さんですか……？」

「は、はい、そうです。よくご存じですね」

「よし音さまに伺いましたの。いつか紹介するとお話ししてくださいました」

よかった！　正解を見つけた！　と、我知らず心が弾んでしまう雛は気づかない。狩谷の声が、どことなく強張《こわば》ったことに。

それでも狩谷は、雛の口から「よし音」と聞いて、人好きのする笑顔を保つことに成功する。そして雛に明るく問いかけた。

「よし音さまに！　よし音さまはお元気ですか？　あいかわらずお菓子をお作りになっているのでしょうか」

「はい。先ほどもケーキを頂戴しました」

「私もよし音さまのケーキをいただいたことがあります。あれは大変においしいですね」

「ええ」

よかった。やっぱりこの方は、よし音さまのおっしゃっていた狩谷さんなのね。よし音さまがお料理好きなことどころか、お菓子作りが得意なことまで知っているんですもの。

「では、これで西村を信頼していただけたでしょうか。鷹さまの血縁の私のお墨付きです」

狩谷が、西村と雛の顔を交互に見て確かめるようにそう言う。

西村も、その言葉にうなずいた。

「……それでも、上杉さんにお話だけはしないと。ご心配をかけてしまいますから……」

「では、書置きを残していけばいいでしょう。雛さまが西村の事務所に向かうという書置きを、私が屋敷《やしき》の者に渡します。必ず鷹さまにお届けするようにきつく言いつけもします。とにかく、なにもかもちゃんと手配しますから、ご安心ください」

「ああ、それがいい。ここに万年筆と紙があります。立ってでは書きづらいでしょうから、馬車の中で座られて書けばいいですよ」

「それならば……」

雛が、ようやく首を縦に振った。

すると、その手を取らんばかりにして、西村が歩き出した。

「では、西村さん、万年筆と紙を……」

門につけられていた馬車の席に座り、雛がそう切り出すと、途端に西村は顔を歪《ゆが》めた。

「そんな物はないですよ」

そして、御者に「早く出せ」とそれまでとは打って変わった冷たい声で命令する。

「え？　西村さん？　狩谷さん、どういうことですか」

雛が慌てて尋ねる。

馬車の扉の方にも目をやったが、そこは固く閉まり、なにより、馬車はもう動き出してしまっていた。

「どうもこうも。これにてご令嬢は籠の中、だ」

狩谷も、まるで仮面を脱ぎ捨てたように、ぞっとするような険しい顔でうそぶいた。

なにを言ってるの？　なにを？

雛の頭がくらくらする。

この男たちが言っていることがちっともわからない。わかるのは、自分は大きな失敗をしたらしい、ということだけだ。

「嘘《うそ》をついてすみませんね、雛さま。僕は西村なんかじゃない。狩谷ですよ。この人の、息子の毅《たけし》だ」

西村と名乗っていた男――毅――が、雛を見てにやりと笑う。

それに呼応するように、狩谷もたちの悪い人形のような笑みを浮かべた。

「降ろして、降ろしてください！」

雛が馬車の扉に縋《すが》りつくようにする。その体を軽々と持ち上げて席に戻し、毅が「ご令嬢らしく、お静かに」と腕を捻《ひね》りあげた。

雛の唇から呻《うめ》き声が漏れる。

「わたしをどこに連れていくおつもりですか……」

雛が、痛みをこらえながら小さな声で聞いた。それに、相変わらず嫌な笑みを顔に張り付かせながら狩谷が答える。

「さあ？　あなたがもっとも行きたくない場所なのは確かですよ」

◇◇◇

鷹はいつも通り執務室で執務を続けていた。

すると、コンコン、とノックをした後、鷹の「入れ」の声に合わせ、圭が執務室の扉を開ける。

「どうした」

「常盤夫妻がお見えです。大変にお慌てになって、今すぐに鷹さまにお会いしたいと」

ん？　と鷹が眉をひそめた。

「常盤夫妻が？　なんの用だ。……まあいい、お通ししろ」

「はい」

そして、圭に案内され、常盤夫妻が執務室に入ってくる。

「どう」

されましたか、と言う鷹の声は、常盤夫人の言葉に遮られた。

「鷹さま！　あたくしたち、おかしな物を見ましたの！」

鷹の眉間の皺が深くなる。甲高い声で訴える夫人は、鷹が見たこともない表情をしていた。

「おまえ、落ち着きなさい。……土岐宮くん、妻の言う通り、我々は奇妙な物を見ましてね。なにかと言えば、小邑久尚の屋敷に入っていく土岐宮家の家紋の付いた馬車です」

「鷹さまと小邑久尚の確執はあたくしたちも存じておりますわ。だからどうしてだろうとじっと見ていたんですけれど、あたくし、どうもそれに雛さまが乗っているような気がしましたのよ」

「私にも、雛さんかはわかりませんが、女性が席に座っているのが見えました。それでこれは、土岐宮くんに急いで伝えるべきだと馬車を飛ばして……」

「あたくしどもの勘違いならよろしいんですけど……」

口々に言う二人の顔を鷹が見回す。掛け値なしのあせりだけがそこには見てとれた。それに、もとより常盤夫妻が鷹に嘘をつく必要もない。

ということは、つまり。

「っ……！」

鷹の口から、短い舌打ちのような音が漏れる。

まさか、小邑久尚がここまで直接的な手に出てくるとは思わなかった。

いや、まだ、常盤夫妻の勘違いだということも考えられる。家紋は見間違えたのかもしれない。そうだ。そうであってくれ。

雛はいつものように台所あたりにいて、のんびりとクッキーでも焼いていると。

ちりちりと、焦燥が鷹の胸を焦がす。

でも、もし雛がここにいなかったら。

そのときはどうすればいい。

わからない。答えが出せない。

「圭、すぐに雛の居場所を確認しろ」

「はっ」

圭が部屋を出ていくのを見届けてから、鷹は常盤夫妻に向き直る。

「ご心配、ありがとうございます。今、執事に確認させますので……」

「では、雛さまのご無事がわかるまで待たせてくださいな。雛さまはあたくしの恩人ですもの」

三者三様の無言が部屋の中に満ちる。

そのまましばらく、じりじりとした時間が過ぎ。

ばたん、と部屋の扉が開く音がして、三人は一斉にそちらを振り返った。

「鷹さま、雛さまがどこにもおられません！」

部屋に駆け込んで来た圭が、三人が最も聞きたくなかった言葉を口にする。ああ、と常盤夫人がひたいに手を当てた。

「屋敷と庭、くまなく捜しましたが、雛さまのお姿は見当たりませんでした！」

「台所も見たのか」

鷹の声は平静だった。むしろ、なんとか平静を装うとしていたと言えばいいかもしれない。それに、圭は無情な言葉を返す。

「はい。一番に」

「……小邑久尚め……！」

鷹の抑えた口調に、隠しきれない怒りが交じった。

どこまで。

どこまであの男は自分を愚弄すれば気が済むのか。

視界が赤く染まるような憤りの中、なんとか鷹は圭に指示をする。

「馬車を廻《まわ》せ。雛を捜す。まずは小邑久尚の屋敷へ」

「それが、鷹さま」

圭が、申し訳なさそうに肩を落とした。

「なんだ」

「厩《うまや》の馬は薬でも飲まされたようで、ぐったりと様子がおかしく、馬車を引けそうにはありません」

「なんだと?!」

今度こそ、鷹は感情をあらわにした。ぐっとこぶしを握り締め、それを机に叩《たた》き付ける。常盤夫妻も部屋にいることなど、忘れてしまったようだった。

「それでは、雛を捜しに行けないということか！」

鷹の形のいい眉が跳ねあがる。

作りこまれた彫像のような体からはゆらゆらと瘴気《しょうき》が立ち上る。漆黒のはずの瞳は溶鉱炉の中の鉄のように燃えたぎった。鷹は、自分でも制御しきれない怒りの奔流の中にいた。

全身が熱く、心臓が早鐘を打つ。そして、雛を案じる思いが鷹の心をよぎる。その強さは、鷹自身にも不可解なほどだ。

嚙《か》みしめた鷹の唇から、一筋の血が流れ落ちる。感情が高ぶるあまり、白い歯が唇を嚙み切ったことにも鷹は気づいていない。いや、もう、そんなことにかまう余裕は鷹の中になかったのかもしれない。

美しい分、鬼気迫る鷹の静かな激昂《げきこう》。

圭も、常盤夫妻も、それに気圧《けお》されていた。

重い空気の中、なんとか、常盤公爵が口を開く。

「馬がなくてお困りならば、私たちが乗って来た馬車をお貸ししましょう」

「しかし、それでは公爵が……」

「大丈夫です。私たちは屋敷《やしき》に使いをやって迎えに来させます。そんなことより、雛さんを」

公爵の肉厚の手が、鷹の手をがっしりとつかんだ。

「雛さんは、我々にとっても大切な方ですから」

「ありがとうございます」

ふー……と長く息をついて、鷹が頭を下げる。

どうにかして、冷静さを保とうとしている声だ。

それは、周囲にもすぐにわかった。

鷹にこうまでさせる、雛の存在の大きさも。

「では、お言葉に甘えて馬車をお借りします。圭、御者を頼む」

「承知いたしました」

そして、主従は執務室を飛び出した。

◇◇◇

「さ、雛さま、雛さまをお待ちの方がこの部屋にいます」

狩谷親子が重々しい扉に手をかける。

ここに来るまで、逃げられないようにナイフを突きつけられていた雛は、嫌だ、とでも言うように、扉から顔を背けた。

「雛さま、そんな顔をなさらずに……あの方は雛さまを待ち焦がれておいでです」

ギィ、と軋《きし》みながら扉が開く。その扉が開いた先の室内に、何度も見たことがある顔を見つけて、雛は絶句した。

「叔父さま……！」

雛の青い目が大きく見開かれる。

嘘、嫌、どうして。

そんな感情がごちゃまぜになった眼差《まなざ》しだけを浮かべ、雛はもう、言葉も出ない。

逆に、部屋の中の男――小邑久尚――は、にやりと顔を笑み崩した。

邪悪さとずるさをゆっくり煮詰めれば、こんな笑みになるだろうか？

反射的に後ずさりをしようとした雛の体は、狩谷親子に阻まれる。

部屋の扉が、音を立てて閉まった。

「お嬢さま、お久しぶりです。お会いできて嬉《うれ》しいですよ」

ねっとりと粘りつく声でそう言われ、雛はいやいやと首を振る。そして、なんとか久尚への言葉を紡ぎだす。

「わたしは嬉しくありません。叔父さま、なにを考えておられるのですか？　小邑侯爵家の権能をお譲りするだけなら、こんなことをなさる必要はないはず。わたしを早く鷹さまのお屋敷に帰してください。それとも、これも、鷹さまへの嫌がらせですか？」

雛がそう言うと、久尚の表情がくるりと変わった。唇をぴくぴくと笑みの形に震わせながら、ぎょろりと目をむく。

からくり人形めいた奇妙なそれは、人としての大切なものをそぎ落としたようで、雛は思わずヒッと声をあげた。

「鷹さま、鷹さま鷹さま鷹さま！　それしかないのですか！　お嬢さま、あなたは！」

久尚の手が強引に雛の手首をつかむ。

「きゃっ」

雛のあげた悲鳴には頓着せず、久尚が雛を引き寄せた。

「でもそれも今日までだ。お嬢さま、あなたは私の物になるんです」

「やめてください……！」

かつて叔父にされたたくさんのことを思い出し、雛は言いよどむ。

この人は怖い。両親が亡くなってから、なにを言っても聞き入れてくれなかった。そしてとうとう、こんなことまで引き起こした。

ならばどうすればいいの？

うまく言葉が見つからない。

雛は、荒れ果てた小邑の屋敷で絶望を抱えていたころを思い出す。

誰も助けにはならない。頼れるのは自分だけ。わたしは無力で、世界にたった一人。

――たった一人？

雛の脳裏に、走馬灯のように鷹との思い出が蘇《よみがえ》る。

鷹のために縫ったドレスとタキシード、雛を小邑家の令嬢として対等に扱ってくれたこと、誇り高い火のような瞳、そして、鷹に近づけた気がした、あのパーティの夜――。

『きみは、奴のために泣いてくれるのか』

それまでとは打って変わって、鷹はまるで迷子の少年のようだった。そんな鷹を、自分は抱きしめたいと思った。

その瞬間、雛の中に強い勇気が湧きあがる。

鷹さまは、何度もわたしを助けてくださったわ。この青い目を「青空のよう」と言ってもくださった。失いかけたわたしの誇りを取り戻してくださったわ。だから、今度はわたしが鷹さまの中の少年を守るのよ。そのためには、必ずここから無事に帰るの。鷹さまの待つ、土岐宮の家に。

——それなのに、こんなところで負けるわけにはいかないわ。

「やめて……いいえ、やめなさい！」

そう強く言い放ち、雛が、青い双眸《そうぼう》でキッと久尚を見据えた。

「お嬢さま……？」

「わたしはもう、鷹さまの妻であり、土岐宮伯爵夫人です。いくら叔父さまとはいえ、このような無礼は許しません」

「……お嬢さま、お強くなりましたね……その目、素晴らしい……！」

「いつまでも、運命を嘆く子どもではいられませんもの」

うっとりと囁《ささや》きかける久尚に、雛が凛《りん》、と言い放つ。拘束されてなお、雛の瞳は光を失ってはいなかった。

そして、雛は久尚の手首を振り払おうと大きく腕を動かした。

「手を放しなさい」

「嫌だと言ったら？」

ぐっと雛が唇を噛む。

「魂の純潔は誰にも奪えません。わたしは永遠に、あなたの物にはなりません」

「それでもいい。空っぽの器だとしても、あなたを手に入れられるのならそれでいい。そのくらい、私はあなたに焦がれているのですよ、お嬢さま」

どこか遠い目をして、久尚がにやりと笑う。

「さあ、あなたの体を手に入れて、もう土岐宮の屋敷には帰れないようにしてしまいましょう。お嬢さまのように気高い令嬢ならば、汚れた体では夫の元に帰れないのをおわかりですね？　それでも逃げるようならば、あなたを閉じ込めてしまいましょう。足に鎖をつけ、二度とこの家から出られないように……」

「やめなさい！」

雛の小さな手が、自らに迫る久尚の体を必死で押し戻そうとする。けれどそれははかない抵抗だった。雛がどれだけ力を込めても、自分よりずっと体格のいい男の動きを止めることはできない。

「その命令は聞けません。お嬢さま、やっとわかったんです。私はね、ずっとこうしたかったんですよ」

ぺたりと久尚の指が触れるたび、雛はぶるりと体を震わせる。

気持ちが悪い。寒気が走る。

それでも雛は必死でその身をよじる。久尚から逃れるチャンスが万分の一でもあるのなら、絶対に諦めたくなかった。

鷹さまのところへ帰れなくなる？　そんなのはいや。今のわたしの家はあそこ。もう小邑の家じゃない、あそこだけがわたしの帰る家なの！

雛の脳裏を、サンルームでお茶を飲む鷹の姿がよぎる。

雛の青い瞳から、とうとうその瞳を溶かしたような涙がこぼれた。

奪わないで！　これ以上わたしからなにも奪わないで！

迫る久尚から、雛が顔をそむける。

久尚には、もう雛の涙も見えていないようだ。

「いやぁ――――っ！」

雛が悲痛な叫びをあげた。

そのとき。

「小邑!!」

鋭い声とともに扉が開くのを、雛は幻を見るような気持ちで見ていた。

鷹さま……？

そこに立っていたのは、けさ挨拶をしたばかりの、鷹と圭だった。

これは夢……？　鷹さまがこんなところに……？

けれど、それが夢でない証拠に、鷹は狩谷親子を殴りつけて道を開き、久尚へと駆け寄ってくる。

「貴様！」

鷹のこぶしが久尚の頬にめり込んだ。ぐぅ、とうめき声を立てて床に倒れる久尚の体を、さらに鷹は蹴りつけた。

「貴様！　雛に！　なにを！」

ごろごろと転がる久尚の体。そこに追い打ちをかけるように、鷹が長くすらりとした脚のつま先を叩《たた》きこむ。

うぐっ、うぐっ、と汚い音が久尚の口から洩《も》れた。それでも鷹は足を止めない。次第に久尚の声が小さくなっていく。そのうち、陸に打ち上げられた魚のようにびくびくとした動きをしだす久尚の腹に、ひときわ切れ味のいい蹴りが入れられた。久尚の体が大きく跳ねる。

「鷹さま、それまでに！」

「止めるな、圭！」

圭に制止された鷹が、だん、と床を踏み鳴らした。

久尚に触れられ泣く雛の姿を見たとき、鷹の頭の安全弁はすべて吹き飛んだ。

――守れなかったものを思い出したから。

取り巻くすべてから無力だったあの頃。父に罵倒される母、砕けた自分の腕を撫《な》でて泣いていた母……。

助けたかった。彼女の涙を止めたかった。なのに、できなかった。きっとその鈍い痛みは永遠に自分を刺し続けるだろう。

もうそんな思いはしたくない。今ここで雛まで守れなかったら、自分は永遠にあの日のままだ。

少年だったころの自分を抱きしめたいと言ってくれた雛。心のどこかに灯《あか》りをともしてくれた雛。

絶対に、彼女を守る。彼女を傷つけるものは許さない。

「殺してやる……！」

次の蹴りは顔に入れてやろう。

こんな人間には、地獄ですら生ぬるい。

そう、ゆらりと足を上げた鷹の腕を、華奢《きゃしゃ》な手が掴《つか》んだ。

「殺してはだめです！　鷹さま！」

今では聞き慣れた、鈴を振るような声に、ふと鷹の動きが止まる。

「鷹さま、どれだけ憎い人でも……殺しては、だめです」

鷹が視線の先に見つけたのは、泣きながら微笑《ほほえ》む雛の顔だった。

「雛……」

「わたしなら、大丈夫です。鷹さまが助けに来てくれましたから。ほら、無事です……」

雛の手が鷹の手のひらを自分の首筋に導く。とくとく、確かな脈打ちが、ほんの少しだが鷹を安心させた。

「生きています。なにもされていません」

「だが、きみが泣いて」

「はい。お屋敷《やしき》に帰れないかもしれないかと怖くて。でももう怖くもありません。——鷹さまがここにいらっしゃるから」

「そう、か」

雛の言葉に、激昂《げきこう》していた鷹の心がすうっと冷えていく。

「そうだな……」

そして、鷹は無意識のうちに肩の力を抜いた。圭も、ほっとしたように息をつく。

「……大丈夫か、雛」

鷹の指が、雛の指先をきゅっと握り返す。

雛が、もつれ合う二人の右手を、そっと頬に押し当てた。温かい。嬉《うれ》しい。離れがたい。

夜の星のように、雛の心の中に希望の色がまたたく。もう会えないかと思った分、その光は強く鮮やかだった。

「大丈夫です……鷹さまの、おかげ……っ」

一度は止まりかけた涙が、雛の頬をまた転がり落ちる。でもこれは、安堵《あんど》の涙だ。鷹が助けに来てくれた。そのことが、どうしようもなく雛の涙腺を刺激する。

「ごめんなさい、涙……止まりません……」

「いい。好きなだけ泣け」

胸元からハンカチを取り出し、雛の顔に押し当てた鷹が、この屋敷に来て初めて表情をゆるめた。

自らのそばからこの小さな少女を失わずにすんだ。それがどうしてこんなに胸をくすぐるのかわからない。ずしりと重い荷物を背から降ろしたような気分になるのも。

――今はまだ、わからないままでもいい。

鷹は、自分にそう言い聞かせた。

ただ、今は、雛を助けられただけでいい。

久尚と狩谷親子が連行されようとしたその時、突然、二人を呼び止めるよう鷹が主に命じた。

「鷹さま、いかがなさいましたか？」

怪訝《けげん》そうに聞く主には構わずに、鷹はあでやかな微笑みを浮かべる。それが意味するものに主はぞくりと肩を震わせた。

その雰囲気が伝わったのか、久尚と狩谷親子も、固唾《の》を呑んで鷹の姿を見つめている。

「考えてみれば、まだこいつらにも使い道があると思ってな」

それを聞いて、ヒッと久尚が声にならない悲鳴を上げた。

なにに使われるのかはわからない。けれど、鷹の様子からすれば、自分たちに利するものではないだろう。もしかしたら、雛のおかげで救われたはずの命も失うかもしれないという恐怖が、ひたひたと久尚の胸を浸していく。

「どうしようもない搾りかすのような生き物だと思っていたが……」

それに追い打ちをかけたのが、続く鷹の凍り付いたような声と眼差《まなざ》しだ。

雛に対するのとはまったく違うそれに、久尚と狩谷親子は涙さえ浮かべている。

「搾りかすでも、碧子《みどりこ》を釣り上げる餌くらいにはなるだろう」

「なるほど。かしこまりました」

そんな主従のやり取りを、久尚は恐ろしさのあまり、気を失いそうになりながら聞いた。

◇◇◇

無事に自室に戻り、安堵のため息をついた雛は、窓から外を見下ろす。

広い、見慣れた土岐宮家の庭。

ここに戻れたことが、嬉しくてたまらない。もう戻れないかもしれないと思っていたから。

帰りの馬車の中、どうしてこんなことになったか事情を説明してから、雛は鷹に何度目かの礼を言った。

鷹はただ、「きみが無事でよかった」と微笑むだけだった。

忘れられない微笑。作り物のような美貌にあっという間に血が通い、形のいい瞳は雛だけを見つめていた。

あの瞬間の胸の高鳴りを、なんと言い表せばいいんだろう？

——雛が、胸元に手を当てる。

目覚めてしまわないように包み込んだ感情を、さらに奥にしまい込むように。

わたしと鷹さまは契約で結ばれた夫婦。

……だけど……ならば、この気持ちは？

くすぐったいような、鷹にそっと触れたいような。

あのパーティの夜に鷹に感じたものとはまた違う、心がふわりとほどけて、遠くへ行ってしまいそうな感覚。

わからないわ。変な感じ……でも、嫌じゃない。

雛は自分自身に首をかしげる。

土岐宮の屋敷に来て、たくさんのことがあった。けれど、こんな風に心が揺らぐのは初めてだった。とは言っても、ただの揺らぎではない。花のつぼみが風にさざめくような、なにかを予感させるような揺らぎだった。

雛はそれを持て余す。雛の中の辞書には、それを表現できる言葉がない。

雛が、肩を滑る髪の毛先をくるりと指先に巻きつける。そしてそのまま、くるくると髪で手遊《てすさ》びをする。なにかしていなければ落ち着かなかったのだ。ゆらゆらと揺れる心は、今もなお、雛を戸惑わせ続けている。

鷹さまにお会いすればわかるかしら。――ううん。きっと、自分で気づかなければ意味はないわ。

雛は、そう自分に言い聞かせた。

なぜだか、そのことにだけはずっと前から確信があった。この気持ちの呼び名は、自分でつけなければいけないと、あのとき思ったように。

窓からは秋に色づいた風が吹き抜け、雛の心を表すようにその髪を乱していた。

◇◇◇

それから数日後。

「圭、用意はできたか？」

鷹は自分の傍らの圭にそう尋ねる。

今日の鷹は、黒い洋装をかっちりと着こなしていた。上背のあるすらりとした姿に、まじりけのない黒はよく似合った。

圭も普段と同じように黒のお仕着せを身にまとっている。

端麗な主従は、その人形のような姿の分、現実離れして見えた。いつもよりも冷たい鷹の視線が、それに拍車をかける。

「はい。準備は万全でございます」

「よし、行くか」

鷹が、ひどく昏《くら》い目で言った。見てはならないものばかり見て生きてきた男の目だ。

「奴の行き先は地獄だけ。ならば、地獄下りの先を見届けてやろう」

そう言って笑う鷹の唇は、いつもよりひどく赤く見えた。

「碧子さま！」

駆け込んできた部下を、鬱陶しそうに碧子が見る。今日の碧子は、目の覚めるような橙色《だいだいいろ》のドレスに花の飾りをつけ華やかさを演出していた。

「なあに？　私は今日は忙しいのよ。婚約者の奏多《そうた》さまと待ち合わせしているの、執事に聞いていないの？　奏多さまは……」

手鏡を見ながら、鼻歌でも歌うように碧子が言う。それを遮り、部下が勢い込んで碧子に告げた。

「狩谷からの伝言です！　小邑が失敗をして隠れ家に逃げ込んだため、碧子さまに助けていただきたいと！」

「……なんですって？」

一瞬の沈黙の後、美しく弧を描いた碧子の眉が跳ねあがる。柔らかな目元も、かっと見開かれた。またたく間に、碧子の姿が、恋する令嬢から土岐宮本家を狙う毒蛇の姿へと変わる。

「あの馬鹿……！　私があそこまでお膳立てしてやったのに！　誰が土岐宮を馘首《かくしゅ》された狩谷親子に接触してあげたっていうの！　私よ！　土岐宮の内情を知っている私がいたからこその完璧な計画だったじゃない！　どうすれば失敗なんてできるのよ！」

馬鹿、無能、愚物、そんな言葉を碧子は繰り返す。そんな碧子に、そっと部下が問うた。

「いかがなさいますか？」

その言葉の端には「大丈夫ですか？」という思いも込められていた。小邑久尚が失敗したのならば碧子も連座させられるのではないか、と、鷹の苛烈な気性を知っている部下は、碧子の身を案じていた。

碧子がくるりと表情を変える。話題がこんなことでなければ、いっそ愛らしいとでも言いたいような笑顔だった。

「大丈夫よ。狩谷から伝言が来たのなら、まだあの馬鹿たちに鷹の手は届いていないということでしょう。急いで隠れ家に向かうわよ」

「隠れ家に？　奴らをお庇《かば》いになるのですか？」

「嫌ねえ」

くくっと碧子が喉を鳴らす。

「違うわよ。あいつらを生かしておいたら、いつ鷹に私との繋《つな》がりがたどられるかわからない。その前に殺してしまうのよ。隠れ家に逃げ込んだ今なら油断してるでしょう？　自分たちは助かったとね」

だからきっと簡単に始末できるわ。と歌うように碧子がうそぶく。

「あなたたちはなんにも心配しなくてよくってよ。ただ、私があいつらを殺した後始末だけはしっかりしてちょうだい。それで鷹の欲しい私の悪行の証拠はすべてご破算。手駒を失うのは残念だけど、あんな奴ら、いくらでも代わりはいるわ」

そして、しなやかな人差し指を頬に当て、碧子がいたずらっぽく微笑《ほほえ》む。

「さ、馬車をお出しなさい。奏多さまとのお時間が来る前にすませないと」

◇◇◇

目立たない場所に馬車を止めさせた碧子は、川沿いの廃屋の前に立っていた。

いまにも外れそうな扉の前では、狩谷親子が深く頭を下げている。

「碧子さま、ご助力、本当にありがとうございます!」

「能書きはいいわ。さっさと中にお入りなさい。小邑も中にいるのでしょう?」

「はい、碧子さま」

狩谷親子の返答を聞き、碧子の頬に、残酷な笑みが浮かぶ。

彼女の手の小さなバッグの中には、小ぶりのピストルが入っている。それを突きつけ、使うことに、碧子は躊躇《ちゅうちょ》がなかった。

狩谷の手が扉を押す。ギィ、と音を立てて扉が開き、碧子が薄暗い室内に入ってピストルを構えようとした時――。

その手は、物陰にいた何者かに叩《たた》き落とされた。

「なんなの?!」

思いもかけない展開に、碧子の声に焦りが乗る。

「さすがだな、碧子。たった一人で乗り込んでくるとは」

「……鷹?」

碧子の声がかすかに震えた。

それは、この場に絶対にいてはいけない人間の声だったからだ。

部屋の暗さに慣れてきた碧子の目に、凄絶な笑みを浮かべる美貌が目に入る。そこに付き従い、碧子の手から落ちたピストルを拾い上げる執事の姿も。

「そうだ、碧子」

そこにいたのは、碧子の言葉通り、鷹と圭だった。

「どうして……」

「その質問は私がすべきものだ。どうして、おまえは私の花嫁に手をかけようとした？

本家を手に入れるためか？　ならばおまえはやりすぎた」

「は、花嫁？　あなたがそんなことを言うの？　自分以外の全てを憎んでいるはずのあなたが？」

「それが私の質問への答えか？」

「お、お黙りなさい。だ、だって、この隠れ家は小邑たちの最後の逃げ場のはずよ。なぜ、なぜ鷹が、あなたがいるの？　もしかして、あなたが、小邑を、助けた、の？」

碧子はもう、自分がなにを言っているかわからなくなっていた。ただ、自分はどこかで致命的な穴を踏み抜いたということだけを、いまにも飛びそうな意識の中で考えていた。

「その答えならひとつ。おまえのやり口ならお見通しだ。……残念だな。どうやら今回は、私の腕の方がおまえより長かったようだ」

満足げに笑う鷹の表情は、永久凍土の氷のように鋭く――そして、目が眩《くら》むほどに美しい。

ここまで来て碧子は、やっと、自分が敵にしていた相手がどういう人物だったかを思い知ったのだ。

◇◇◇

あの日、鷹は、やはり自分は殺されるのではないかと震える久尚に、碧子をおびき寄せる役を演じることを持ちかけた。それが、鷹の口にした『碧子を釣り上げる餌』との言葉の真意だった。

『助けて……くれるのですか』

鷹の評判をよく知っていた久尚は、恐る恐るそう問いかける。このまま、自分は闇に葬られるのではないかと、そんな風に彼は怯《おび》えていた。

『ああ。だがそれには条件がある。これから私の命じることをこなし、雛の首飾りを返せ。そして、二度と私たちに近づくな』

凍《い》てつくような面差しに見つめられ、久尚はうなずくことしかできなかった。

『……ならば、よし』

それでもまだ、鷹の恩情を受け止めかねて疑わしげな顔をしている久尚に、鷹は彼にはめずらしく、諭すような口調で告げた。

『いいか。私は碧子とは違う。あのとき雛は私を止めた。ということは、おまえのような人間でも、死ねば雛は悲しむだろう。彼女はそういう娘だ。そして私は、雛を悲しませたくはない。だが、雛を泣かせたおまえを無条件で許すこともできない。首飾りを返し、私に従うことで、おまえには罪を償わせる』

そこまで言って、鷹は久尚に一枚の地図を見せた。

『碧子をおびき寄せた後は余生と思い、この島で暮らせ。行く船はあっても、出る船はない島だ。離島への永久追放で咎《とが》が済むと思えば、安いものだろう？』

そして、狩谷親子にも。

ガクガクと震える親子に、鷹は言い放った。

『後悔しているのか？』

その冷たい物言いに、狩谷親子が必死で首を縦に振る。

それを、汚い物でも見るような目で見下ろした後、ならば、と鷹は条件を口にした。

『私の命令を聞き、碧子をおびき出すのに協力できるか？』

『もちろんでございます！』

『その上で、碧子と小邑久尚の関係を……二人がなにをしようとしたかを本家で証言しろ。証言するならば、息子の就職口だけは世話をしてやる』

『本当ですか……っ』

『私は嘘《うそ》は嫌いだ。裏切りの次にな』

鷹の口の端に浮かぶ微笑に、狩谷親子は背中の骨をじかに氷で撫《な》でられるような寒気を感じ、身をすくめる。

『よ、喜んで証言させていただきます！』

『そうは言っても、もう二度と表舞台に出ることは許さないが、いいか。日の当たらない場所で縮こまって生きるがいい』

『もちろんです！　鷹さまの仰せの通りに！』

◇◇◇

自分が追い詰められたことを自覚し、はあはあと息を荒くする碧子に、鷹はなおも続ける。

「皮肉なことに、おまえの企《たくら》みの証拠は、おまえ自身の手で揃《そろ》えられたな。ここにこうして来たことで、小邑久尚たちとおまえの繋がりも証明される。狩谷ももう本家での証言をすませた」

「まっ、まだ、まだよ！　たかが狩谷ごとき！　おじいさまが信じるはずがないわ。私がお話しすればわかってくださるはずよ！」

「無駄だ」

うつむき、こぶしを握り締める碧子に、鷹がひやりと叩き付ける。

「常盤夫妻が、舞踏会でおまえと久尚が会話していたのを聞いていた。そのときはなんのことかわからなかったが、雛が小邑久尚の屋敷《やしき》に連れ込まれたのを知ってぴんと来たそうだ。……狩谷だけならまだしも、常盤夫妻まで私が操れると思ってはいないだろうな？」

「そんな……っ」

「狩谷と小邑だけではない。常盤夫妻も本家の老人のところに足を運んだ。彼らは礼を尽くして迎えられたよ。そして、そんな彼らに土岐宮の恥を語らせるおまえの人望は地に落ちた」

「嘘……嘘よ……」

「碧子、おまえはもう、土岐宮本家の後継者候補ではない。土岐宮の名も名乗らせるなと老人は仰せだ」

「嫌！　私は土岐宮を手に入れるの！　そのために、今日まで——」

「ああ、今日までご苦労だった。だがその苦労ももう終わる。明日から、おまえの財産は私の土岐宮商会に吸収される。爵位は剝奪。それが本家の答えだ」

もう言葉も出せず、碧子はただ震えていた。

敗北？　私は負けたの？　いいえ、まだよ、まだ。なんとか切り抜ける手段はあるはず。

きっと、きっと。

そのとき、廃屋の扉が開く。そこには、険しい顔をした青年がいた。

「奏多さま？　え、どうしてこちらに？」

青年は、碧子と待ち合わせていた婚約者の奏多だ。碧子の顔が焦りつつもぱっと明るくなる。なぜ彼がここにいるのかはわからないが、このお人好《ひとよ》しな婚約者を利用すれば、まだ自分は戦える――。

けれど、そんな碧子の表情とは正反対に、奏多の顔は青ざめていた。

「ここに彼女がいるということは――あなたの言ったことは本当だったんですね、伯爵」

「ええ。碧子は土岐宮から追放されました。彼女にはもう、財産も、爵位も、土岐宮の名前すらない」

「そう……か」

奏多がきしむような声をあげると、鷹は愉快そうに声を立てて笑う。

「あなたにこの場所のことを知らせたのは私です。感謝してほしいね」

「奏多さま、この男の言うことは嘘よ。嘘をついて私を陥れようとしているの。だから、本家のおじいさまのところに私と一緒に行ってくださいな。碧子がこんなにも困っていると、お口添えくださいまし」

碧子のほっそりとした指が奏多の襟もとに伸ばされ――そして、碧子は奏多に突き飛ばされた。

「寄るな！　本当にきみは人間なのか？　きみがしたことを恥じる気持ちはないのか？」

「奏多……さま？」

信じられない、と言いたげな表情で、碧子が奏多を見上げる。

奏多は吐き捨てた。

「汚らわしい……！　伯爵から聞いたよ。たかだか財産が欲しくて伯爵を陥れ、伯爵の奥さままで手にかけようとするなんて……きみだけはそんな人ではないと思っていたのに！高潔な令嬢だと思っていたのに！」

「やめて、奏多さま。みんな嘘よ、嘘なのよ」

「ではなぜ、きみはここにいるんだ？　ここにいることこそがきみの罪の証拠だろう？それを僕が知らないとでも？」

「違うの、これには事情があって」

「もうやめないか、見苦し過ぎる。信じていたのに。こんなところにきみがいるはずがないと、伯爵の進言を一蹴しようとしたのに。僕は、僕の愛した碧子さんを最後まで信頼して――」

こみあげる感情を必死でこらえるように奏多が歯を食いしばる。それから、碧子に向き直り、まっすぐに彼女を見て告げた。

「碧子さん、きみとの婚約は解消させてもらう！」

奏多のその宣告を聞き、ひゅっと息を吸い込んだ碧子の体が床に崩れ落ちた。

豪華なドレスの裾が汚れるのも気にせず、碧子はその場に膝をつく。

そんな……そんな……！

頬をつたう涙をぬぐうのも忘れ、碧子はそのまま伏していた。

自分がすべてを失ったことがまだ信じられない。いや、それより、これから自分は鷹にどんな目にあわされる？

怯える碧子の心を読んだように、鷹が静かに口を開く。

「大丈夫だ、碧子、私はおまえに手を出さない。贅沢《ぜいたく》に慣れたおまえがどうなるか、興味があるからな」

そして、ひどく優しい声で続けた。

「だが、なにもかもなくして……あの時死んだほうがましだったと、思うかもしれないな」

◇◇◇

執務室のデスクに腰を下ろした鷹が、書類に目を通している。

久尚を処分し、碧子の財産を受け継いだ彼には、やることが山積していた。ため息をつきながらも、どことなく満足げにしている鷹の横に、圭がそっと皿を置く。

「鷹さま、雛さまからの差し入れです。よし音さまに教わって、スコーンを焼かれたそうですよ」

「雛は、あれから変わりないか」

「はい。本当にお強い方ですね。いつも通り、笑顔を絶やさずにおられます。今日も鷹さまのことをご心配なさって……仕事のし過ぎで体を壊しはしないかと私にお尋ねになりました」

「どう答えた」

「鷹さまは雛さまがおられれば、疲れなど知らないようです、と」

スコーンに手を伸ばしていた鷹が、やれやれ、と机の端を爪の先で叩《たた》く。

「おまえがなにを考えているのかは知らないが、私は嘘が嫌いなだけだ。雛とは、首飾りを取り戻す約束をしたからな。そのための作業は早く済ませた方がいい」

そして、雛の作ったスコーンにかぶりついた。

「……いい出来だ」

焼きたてのスコーンの香りは、鷹に雛を思い起こさせた。

日当たりのいい台所で楽しそうにお菓子を焼く雛。そこでは、青い瞳はまばゆくきらめき、白く細い砂糖菓子のような指先は、もう涙に濡《ぬ》れることもなく、ただ、雛が好きなことをするためだけに使われているのだろう。

そう思うと、なぜか鷹の胸には迫るものがあった。

――ずっと、雛が笑っていればいい。そのための環境が必要ならば、私が手を尽くそう。もしも邪魔をする者がいれば、万難を排して立ち向かおう。雛には、涙よりも笑顔が似合う。

それは、冷え切った鷹の心の中にかすかに差し込む日差しのような思いだった。

雛。そう心の中で呼べば、名づけることのできない感情が、ふわりとふくらむ。

そう言えば、あの日、雛が無事だとわかった時にも、こんな風な気分に包まれた。安堵《あんど》と、それから――。

『どれだけ憎い人でも……殺しては、だめです』

鷹の腕に手をかけ、雛は微笑《ほほえ》んでいた。

自分を苦しめた相手への許しを口にし、普段と変わらず、優しく。

理解しがたい行動のはずだった。

けれど、鷹がそれを受け入れたのも確かだった。

その後の面倒を見据えての計算ではない。雛の表情に確かな芯を見つけたからだ。

おそらく雛は、自分がなんと返事をしても変わらず止めようとするだろう。それでも我を通そうとすれば、身を投げ出すことも厭《いと》わなかったに違いない。

鷹は、そんな強さは知らなかった。

怒りや憎しみなら鷹の世界には溢《あふ》れている。ただ雛だけが、そこに違う色をもたらした。

そう気づいたとき、鷹は一瞬だが、雛に圧倒されたのだ。

そして、それは、今でも……。

スコーンを食べ終わった鷹が、指先についた菓子の屑《くず》を払った。

それから、気づかぬうちに頭に浮かんだことをかき消すように首を振り、また書類に向き直る。

そんな鷹の姿を、書類仕事の補佐をしながら圭が見ていた。

雛にいつも言う通り、この主人は、随分と変わったものだと圭は心から思う。

まさか、あの場で雛の懇願を鷹が聞くとは……。まだ、夢だったのではないかと圭は自分の頬をつねりたくなるくらいだ。

雛と出会うまで、鷹にとっては、敵は叩きのめすものだった。

特に、公然と自分に刃向かった者は徹底的に追い詰め、確実に破滅への道を進むよう仕向けてきた。鷹をずっと支えてきた圭だから、それはよくわかっている。そして、例の三人もまた、これまでの鷹の敵たちと同じ運命をたどるのだろうと考えていた。

——そうなれば、証言者もいなくなり、碧子をああまで追い詰めることができなかったかもしれません……。

今でも、書類に目を落とす鷹の眼差《まなざ》しは相変わらず鋭く、それまでの容赦のなさを彷彿《ほうふつ》とさせる。

ならば、そんな線を軽々と越える雛さまの存在は、この方にとってどれだけ重いのでしょう？　雛さまの小さな手には、私が思う以上の力が隠れている。私は、そんな気がしてならないのです。

「……圭」

「鷹さま？　どうかなさいましたか？」

不意に鷹に声をかけられ、びくりと圭の肩が揺れる。

「雛に、スコーンも悪くないと伝えろ」

「かしこまりました」

「……私は元気だ、とも」

「はい」

思いがけない鷹の言葉に、圭はそれとわからぬよう口元をゆるめた。

「確かに……確かに、お伝えいたします」

それから部屋の中には、二人が仕事を進める音だけが響き——時間はあっという間に過ぎていったのだった。

◇◇◇

そんな鷹と圭の会話からしばらくの日にちがたって——。

「雛」

「はい、鷹さま」

ようやく時間の取れた鷹との、サンルームでの久しぶりのお茶会だ。

雛はわくわくと心を鳴らして鷹の呼びかけに答える。

こうしてゆっくりお顔を見るのも何日ぶりかしら？　もしかしてお痩せになった？　お仕事がお忙しいのはわかっている。だから、こうしていることで、少しでも気分転換になればいいのだけれど……。

「ニルギリを、もう一杯」

指し示されたカップに、雛がゆっくりと茶をそそぐ。

かぐわしい香りがあたりに満ちた。

「そうだ、小邑久尚から首飾りが送られてきたが、これで間違いはないか？」

鷹の長い指が、黒い天鵞絨《びろうど》地のケースの蓋をパチンとあける。

そこにあったのは、大粒のサファイアを中心にし、小粒のダイヤがその周りを星空のように取り巻く、清楚《せいそ》だがずっしりと重みのある首飾りだった。

「……これです！」

雛の声が震える。

ずっと、もう一度だけでもいいから手にしたいと思っていた首飾りだった。

雛が生まれた記念の石と、それを彩る、いつか雛に渡したいという両親の愛情で組み上げられた首飾り。

まさか、また自分の元に戻ってくるなんて。

雛はもう、なにも言えなかった。

ただ、ほろほろと、涙がその頰を転がり落ちていく。

お父さま……お母さま……ようやく帰ってきてくださいましたね……。

「本当に、それだけでいいのか。小邑久尚にもっと鉄槌《てっつい》を……」

鷹がそう言いかけると、雛は音がしそうな勢いで首を横に振った。

「許した方が……お父さまたちもお喜びになると、思いますから」

「馬鹿な娘だ」

いつかの夜と同じことを言われ、雛は、泣き笑いのような顔をする。

「はい。馬鹿かもしれません。でもわたしは、できるものなら、許せる馬鹿のままでいたいんです」

その様子をなんともいえない表情で眺めていた鷹が、不意に首飾りを手に取った。

「せっかくだ、首にかけてやろう」

「え、鷹さま」

意外過ぎる言葉を思わず聞き返す雛に、「後ろを向きたまえ」とぶっきらぼうに鷹が促す。

「は、はいっ」

素直に背中を向けた雛の長い髪を鷹がかき分け、白いうなじをあらわにする。

こんなに鷹の指が自分に近づいたことは初めてで、雛のそこはすぐに薄桃色に染まった。

鷹の手が、器用に首飾りの留め金をつける。

そして、雛の顔を見ないまま、呟《つぶや》くように「だが、私は馬鹿も嫌いではない」とぽつりと言った。

今でも雛のこんな言動は理解しがたいが——それでも、また許しを口にできる雛を見たとき、鷹は、あの日と同じく、そこに自分とはまったく違う強さを見た。

それは、よくしなる柳のような強さだ。

自分にもこんな強さがあれば、もしかしたら違う生き方もできたのではないかと——。

「よし、できた」

なにか聞きたそうな雛の言葉を封じ込めるように、鷹はまた雛の前へと回る。

「よく似合う。確かに、きみの瞳の色だ」

首飾りをかけた雛を見つめ、それから鷹は独り言のように付け足した。

「だから、泣くな。きみが泣くと私は……私は、泣き止《や》ませたいと思う」

「鷹さま……！」

雛が、目元を拭った。

「はい。鷹さま。もう泣きません。……首飾り、大切にいたしますね」

「……もともときみの物だ。好きにしたまえ」

席に戻った鷹が、カップを手に取り、ニルギリを口に含む。

それが、まるで照れ隠しのように見えたのは見間違いだろうか？

雛も穏やかに微笑んで、さくりとクッキーをかじった。鷹の好きな、雛の手作りのバタークッキーだ。

やわらかな光の差し込むサンルームの中。そこは土岐宮家の屋敷《やしき》の中でも、時が止まったように暖かく、まるで、少し早い春が来たようだった。

あとがき

はじめまして。七沢《ななさわ》ゆきのと申します。別の本でお目にかかったことがある方、お久しぶりです。

この度は『侯爵令嬢の嫁入り』をお手に取ってくださりありがとうございました。

いつか描くことを夢見ていた大正ロマンの世界。それを形にして皆様にお届けできて本当に嬉《うれ》しいです。あの時代の息吹を、ほんの少しでもお伝えできれば、と思います。

このお話を書きあげるまでに、たくさんの方にお世話になりました。

イラストを担当してくださった春野薫久《はるのたく》先生。ラフをいただいたとき、鷹《たか》と雛《ひな》があまりにもイメージ通りで、思わず「すごい！」と声をあげてしまいました。二人が飾る華麗な表紙は宝物です。

頭に浮かんだアイデアが形になるように、いつも的確なアドバイスをくださった編集者さん。温かい叱咤《しった》激励は忘れることはありません。ご担当ありがとうございました。

デザイナーさん、校正さん、印刷所の方々……ほかにも数えきれない方たちに支えられて作り上げることができた本です。

すぐに慌ててしまう私を励まし、支え続けてくれた家族にもありがとうを。

そしてなにより、ここまで読んでくださった読者様に最大の感謝を捧《ささ》げます。

またどこかで皆様にお会いできれば、これより嬉しいことはありません。

富士見L文庫

侯爵《こうしゃく》令嬢《れいじょう》の嫁《よめ》入《い》り
～その運命《うんめい》は契約《けいやく》結婚《けっこん》から始《はじ》まる～

七沢《ななさわ》ゆきの

2023年2月15日　初版発行

発行者　山下直久
発　行　株式会社 KADOKAWA
〒102-8177　東京都千代田区富士見2-13-3
電話　0570-002-301（ナビダイヤル）

印刷所　株式会社暁印刷
製本所　本間製本株式会社
装丁者　西村弘美

定価はカバーに表示してあります。　◇◇◇

●お問い合わせ
https://www.kadokawa.co.jp/（「お問い合わせ」へお進みください）
※内容によっては、お答えできない場合があります。
※サポートは日本国内のみとさせていただきます。
※Japanese text only

ISBN 978-4-04-074809-2 C0193